精霊使いと
花の戴冠
Seireitsukai to
hana no taikan

精《せい》霊《れい》使《つか》いと花《はな》の戴《たい》冠《かん》

深《み》月《つき》ハルカ

ILLUSTRATION：絵《え》歩《ぽ》

精霊使いと花の戴冠

LYNX ROMANCE

CONTENTS

007 精霊使いと花の戴冠

259 あとがき

精霊使いと花の戴冠

白銀の森で、弦月大公国《ゲンゲツたいこうこく》第三公子・珠狼《シュロウ》は四騎の供を従えて疾走していた。

黒髪に黒い瞳の、ノーブルな顔立ちをしている。凛々《りり》しさのある瞳は警戒をはらみながら、真っ直《ます》ぐ森の出口へと向けられていた。

弦月特有の首元が詰まった黒い上着は、裾《すそ》にいくに従って広がって風に靡《なび》き、膝下までぴったりと足に沿う長靴も雪除けのマントも、肩を覆う灰色のストール以外は黒づくめだった。蒼白く浮かび上がる雪の中で、その一群はくっきりと浮かぶ。

地面には蹄《ひづめ》の音が轟《とどろ》き、先を急ぐ彼らが通ると、糸杉の枝からばさりと積もった雪が落ちた。

誰も無駄口を叩《たた》かない。日が暮れるまでに、この森を抜けなければならないのだ。

一列に並んで駆けていた従者の匡《キョウ》が、手綱をぴしりと打って珠狼の左に並んできた。視線で鋭く斜め後ろを見る。

「殿下……」

――〝魔女の吐息〟か……。

珠狼は視線で示されたほうへ目をやり、頷《うなず》くと同時に剣の柄《つか》に手をやる。

音を吸い込む蒼い森の奥深くから、霧のような影がいくつも揺らめいて近づいてくる。仄白《ほのじろ》い影は、人を惑わす〝魔女の吐息〟と恐れられている精霊だった。彼らに捕まったら、氷漬けにされてしまう。

並んだ匡は、抜剣しながら後方にも注意を叫んだ。

「来るぞ！　囲まれたら馬が凍るからな！」

珠狼は早駆けながら抜いた剣を横に閃《ひらめ》かせ、襲ってくる精霊を払う。

ヒュン、と鋼《はがね》が空《くう》を切る音が響き、びゅうう、と吹雪に似た精霊の声がそれに被《かぶ》さる。斬られた精霊は伸び上がる炎のように揺らめいて消えていくが、いくら斬っても次々と集まってきて、だんだんと距離を縮められた。

大剣を振り回している匡が顔をしかめて叫ぶ。

「クソ…結構しぶといな。殿下、大丈夫ですか」

「私は大丈夫だ…後ろは無事か？」

珠狼も精霊を払いながら返事をする。精霊たちはひゅんひゅんと飛び回り、珠狼たちの頬《ほお》に氷の礫《つぶて》がいくつも当たった。目を眇《すが》めながら応戦していると、最後尾で少年の悲鳴が上がった。

「うわああっ」

「デミ！」

振り返りながら、珠狼は馬首を巡らせ、〝魔女の吐息〟に取り囲まれた従者のデミへ駆ける。

「殿下！」

「わあっ！」

まだ十五にしかならないデミの亜麻色《あまいろ》の髪は、白い雪の精霊に取り囲まれ、見えなくなっている。馬は凍りつき、その場に棒立ちになっていた。珠狼は剣で群れている精霊を薙《な》ぎ払うと、デミに手を伸ばし、馬から引き上げると同時に向きを変えた。

「殿下っ」

「馬は諦めろ…」

追ってくる雪の精霊は、影法師のようにも、白く長い髪の女性のようにも見える。両側から助太刀に入った従者たちが銀の刃を閃かせながら叫んだ。

「殿下、お早く！」

珠狼が頷き、片腕にデミを抱えながら先頭へと戻り、雪の森を走る。

「…すみません、剣を取り落として」

泣きそうな顔で謝るデミに、珠狼は低い声で答える。

「いや…こういう危険を承知で、近道を選んだのだ。仕方がない」

「珠狼さま…」

珠狼は剣を納めてから、まだ泣きべそ顔のデミを抱え直してやり、鞍《くら》に安定して座れるようにしてやった。

「彼《精霊》らは本気ではない。彼らの棲《す》む森に、不躾《ぶしつけ》に入った我々の非礼に怒っているだけだ」

少年従者がしゅんと俯《うつむ》く。珠狼は前方を見据えたまま、くしゃっとその頭を撫《な》でた。

「仕方がない…御前会議に間に合わなければ、兄上のお叱りを受けるからな」

「……そうですね」

雪を蹴り、馬は地鳴りを上げて駆け続ける。全員のマントが大きく翻《ひるがえ》って、〝魔女の吐息〟の吹雪《ふぶ》くような声が遠くなった。

「…どうやら、加護はあったようだ」

精霊の棲む場所へ侵入した人間たちを、森は通してくれるらしい。安心させるように言うと、デミは誇らしげに笑みを見せた。

「当然ですよ。だって、弦月の公子様が通るんですから」

「……」

珠狼は答えず、遠くに白く光る森の終わりに目をやった。

森の先に広がる平野を駆け、一行は翌々日の夜半に帰城した。


世界には五つの国がある。

大陸の王国・双龍《ソウリュウ》。紗薫《サクゥ》、宮爛《クラン》、そして〝太古の島〟を二分する焔弓《エンキュウ》と弦月。

この地はかつて、古《いにしえ》の精霊族が棲む島だった。島に暮らす少数の部族たちは精霊を敬《うやま》い、共存し、その加護を願いながら暮らしていた。

だがそこに大陸から人が渡り、いくつもの氏族や部族をまとめ上げ、弦月大公国となった。

双龍王家の流れを汲《く》む弦月大公は、国を開闢《かいびゃく》するにあたり、精霊たちと話し合い、この地を治めることを認めてもらったという伝説を持っている。以降、大公家は諸部族の頂点としてこの国に君臨した。

温暖な気候と豊かな緑に恵まれ、弦月は栄えた。

領土の北端には大きな内海を持つ湾がある。波のない穏やかな港には、次々と船がやってきた。

美しい布や珍しい香料、油や塩が帆船いっぱいに積まれ、異国の衣を着た人々が港を行き交う。活気に溢《あふ》れた街では商人たちが昼夜を問わずに取引し、弦月から宝飾品や蜂蜜《はちみつ》、美しい工芸品を仕入れて再び出航していった。

湾は国名の由来ともなった、美しい半月型をしている。その湾を中心に、街は放射線状に広がり、都の外周は小高い丘が半円形に取り囲んでいた。

天然の城壁である丘の上には、弧を描いた流麗な宮殿がそびえ建っている。

はるばる海を渡ってきた商人たちは、港に入るとその連山のごとき荘厳《そうごん》な宮殿を見上げ、さながら地上に輝く銀の月のようだと讃《たた》えた。

双龍に比肩するほど豊かな弦月に異変が起きたのは、島をとり巻く潮流が寒流に変わってからだった。

冬は長くなり、息を飲むほど圧倒された白亜の宮殿は雪の化粧を纏《まと》うようになった。

そして、十年の月日が過ぎた。


「……」


城に着いた珠狼は、旅装束を解いて自室にいる。

宮殿は左右に長く、中心に政《まつりごと》を行う広間や行政機能が配され、両翼に妃《きさき》やその公子たちの居住が据えられていた。珠狼の生母は第一妃だったが、十二年前に亡くなっており、ほとんど城にいない第三公子のための部屋は北翼端にある。

白い大理石の床に、高い天井。透かし彫りが一面に施された優美な壁。白い天蓋《てんがい》に覆われた寝台と、白蝶貝《はくちょうがい》で装飾された机や椅子《いす》などの調度品が設《しつら》えられ、片側はすべて風抜けのよいバルコニーに面していた。

バルコニーは曲線を描いた飾り柱が等間隔に並んでいて、そこから湾を一望できる。珠狼は外に出て、夜景に輝く首都を見下ろした。

――まだ風が冷たいな…。

頬を嬲《なぶ》る風は水気を含んだ独特の冷たさがある。もう五月も末で、暦《こよみ》で言えば初夏だというのに、冬の終わりが見えていない。

眼下に広がる都は、夜半となった今でも灯《あか》りが星のように瞬《またた》いて賑《にぎ》わっている。バルコニーにも柱ごとに透かし飾りが施された灯籠が下げられており、城壁をオレンジ色に照らし上げている。

夜景に浮かび上がる城はとても美しくて、子供の頃に船から見たときは神々しくさえ感じたものだ。

「……」

今、船は氷が薄くなる六月から九月までしか港に入れない。十年前に暖流から寒流へと潮が変わって以来、秋口になると北の海から流氷が湾に押し寄せてくるようになった。巨大な氷は押《お》し合《あ》い圧《へ》し合《あ》いし、互いに固まって厚く海を覆ってしまう。

貿易は夏場の短期間に集中させているが、港が凍るせいで、年の三分の二も取引ができない状態が続いているのだ。

――だからといって、明日の御前会議がその解決になるとは思えないが…。

会議は、隣国・焔弓との戦局についてだった。

港が結氷し始めてから、弦月は隣国へ活路を求めた。元々国境付近では何度も戦があり、緊張状態は続いていたのだが、ここにきて弦月は〝凍らない港〟を手に入れようと、焔弓への南下戦略をとったのだ。

だが、戦況ははかばかしくはなく、打って出たはずの弦月は、逆に焔弓に押されて防戦に回っている。

珠狼は南の国境線を、次兄・斌崘《ブロン》は北の国境線を守っていたが、長兄・良琉那《ラルナ》の招集命令で、急ぎ帰城している。何か、重大な戦略発表があるのだろう。

「…」

珠狼は冷えた夜風に目を眇め、鎧戸《よろいど》を閉めた。

◇◇◇

翌朝――。

湾を抱くように翼を広げた宮殿の、中央にある大広間で〝御前会議〟が行われた。呼び出された珠狼も、供の四人を従えて正装で出向く。

大広間は高く見上げる天井まで、模様を彫った飾り柱がそびえ、天井近い窓には細かい蔦《つた》柄の鉄柵が張り巡らされていて、降り注ぐ陽射しが白大理石の床に繊細な流線形の影を落としている。

デミが珠狼の隣で言った。

「…全貴族を招集しているみたいですね」

「ああ…」

すでに大広間の両脇は列席する貴族でいっぱいだった。

弦月の男性貴族が上着の中に着る立て襟のシャツは黒が最も格が高いとされ、それに前が袷《あわせ》になった丈の長い上着を羽織り、細いベルトで留《と》める。

上着は肩や袖《そで》が身体《からだ》にぴったり沿うように作られている分、裾はゆったりと広がる。両胸にあしらわれた飾りは、その昔武器を携帯するのに作られたポケットの名残だと言われている。

ベルトには剣を下げる鎖が付いている。銀細工や宝飾加工を得意とする弦月の仕様は、細密で華麗なものが多かった。宮廷での正装にはこれに刺繍《ししゅう》などを施した飾り帯《ストール》を肩にかける。

珠狼は黒地に銀刺繍のシンプルな正装で、従者たちの上着も基本は同じ構造だが、丈が腰辺りまでの短いシンプルな形になる。匡が忌々し気に呟《つぶや》いた。

「〝会議〟もクソもないですな。これは決定事項を言い渡されるだけでしょう」

大剣を背中に佩《は》いた匡は頬に大きな刃傷を持った豪快な男で、珠狼は冷静な表情のまま低く諫《いさ》める。

「〝御前〟では口を謹《つつし》んでおけよ。揚げ足を取られる」

匡はおどけたように肩をすくめた。もうひとり、寡黙《かもく》な近習のキシは油断なく周囲に目を走らせて安全確認をしている。

キシは薄茶色の長い髪を後ろに高く結んだ、細身の男だった。あっさりした切れ長の目と薄い唇で、およそ愛想というものがない。従者らしい飾り気のない白いシャツに短い丈の黒い上着、細身の下履き、細身の剣と短刀を剣帯に下げている。その隣にいるのは幼い頃から珠狼の守り役として仕える白髪の騎士・タンだ。タンの隣から子供っぽい声が聞こえる。

「でも、悔しいですよね。決定済みのことを命じられるために、危険な森を突っ切ってまで走らされたのかと思うと…」

南の国境線だって、いつ焔弓軍が襲ってくるかわからないのに…とデミは不満顔だ。伝令鳥一羽で、簡単に呼びつけられるのが納得いかないらしい。

珠狼はきりっとした唇の端でわずかに笑った。部下はむくれるが、珠狼はあまり気にならない。

「仕方があるまい。兄上は世継ぎだ」

王宮での序列は絶対で、第一公子の権限は大公に次《つ》ぐ。

「…そりゃ、そうですけど」

第三妃の生まれなのに…とぶつくさ言う声を、珠狼は視線で黙らせた。大公家の三兄弟の、複雑な出自については常に人の口にのぼる話だが、自分の従者がするというのは嫌だった。

長兄・良琉那は第三妃の子だ。次兄は第二妃の生まれで、身分はどれも〝妃〟だが、序列は珠狼の母である第一妃のほうが高い。

神殿の舞巫女だった良琉那の母は、大公の寵《ちょう》を受け、懐妊を理由に妃の身分を得た。第一妃に子が無いことを上手《うま》く利用したのだ。

男子を産んだ第三妃は、大公に早期の立太子を迫り、良琉那はわずか二歳で世継ぎの座に就いた。皮肉なことに、この後たて続けに第二妃、第一妃からも男子が生まれている。

のし上がる第三妃に不満を持つ貴族は少なくない。珠狼を持ち上げようとする貴族は多いし、逆に、珠狼派で主力になれないと悟った貴族は斌輪を担ぎ上げた。宮廷は、常に三つの勢力が拮抗《きっこう》することで危ういバランスを保っている。

珠狼は無用な波乱を生みたくはなかった。今、大事なのは国の安寧《あんねい》であって、誰が覇権を握るかではないと思う。

「珠狼殿下、御成り！」

近衛兵の声に、珠狼が緋色の絨毯《じゅうたん》が敷かれた中央を進むと、三段高い玉座には老大公が座り、まるで宰相《さいしょう》のようにその傍らに良琉那が立っていた。段の両脇には、左右にそれぞれ第二妃、第三妃とそれに連なる者たちが並んでいる。

「珠狼、ご苦労だったな」

玉座から声を掛けられ、珠狼は片膝を突いて大公の前で礼をとった。

「昨晩帰還いたしました。父上には、ご健勝で何よりです」

「ご苦労でした。珠狼公子」

大公の代わりに答えたのは良琉那だ。

白い肌と、金色の髪に金の瞳。弦月の成人男子の正装はしているが、その衣装は黒ではなく紫で染められ、銀灰色のローブを纏っている。

肩から斜めに金細工でローブが留められ、床すれすれまで流れ落ちている。神殿の巫女だった母親の神秘性と、世継ぎのカリスマ性を強調しようという意図だ。

口の悪い匪などは〝いけ好かない演出〟だと嫌うが、このいで立ちで厳かな声を響かせると、確かに神秘性は増す。

「斌諭公子も珠狼公子も、帰城してもらったのには理由があります」

宣託でも告げるかのように、良琉那の声が広間を制した。年功序列で斜め前に片膝を突いていた次兄の斌諭が嫌そうに眉を動かす。

「皆も承知の通り、先日、焔弓軍が水晶鉱山を占拠しました…」

この島はふたつの国が支配していた。中央を縦に分断するように、いくつもの山が折り重なる山岳地帯があり、この山々を境に左側が焔弓国、右側が弦月国である。

山々は物理的に国境の役目を果たしたが、山のいくつかは鉄や金、窯業《ようぎょう》に必要な土などの資源が採れるため、両国ともこの地を巡っては過去何度も戦を繰り広げていた。

特に、弦月にとってこの山脈地帯の中央にある水晶鉱山は特別だった。この山は良質な水晶が豊富に取れ、宝飾品を輸出する弦月にはなくてはならない山だ。

水晶鉱山は国境のちょうど中央にある。斌諭の警備範囲であることに、貴族たちの視線は次兄へと注がれたが、斌諭は特に表情を変えない。

良琉那は軍を指揮するかのように命じ始めた。

「水晶鉱山を焔弓に渡すわけにはゆかぬ。何としても奪い返さねば…」

そこで…と神がかった声で続ける。

「山を取り囲んでいる焔弓の駐留軍を、挟み撃ちにして討つ策をとる」

珠狼は兄の言葉に眉を顰《ひそ》めた。何を考えているかは予想がつく。

「斌崘公子、そなたは北から山脈沿いに下降し、水晶鉱山へ正面攻撃せよ」

——その策は無理だ…。

口を開きかけるが、良琉那の目が珠狼に向いた。

「珠狼公子、そなたは逆側から大きく山脈を迂回《うかい》して焔弓に入り、背面から急襲するのです」

「兄上…」

大公は、良琉那にすでに説得されているのだろう、無言を貫いている。珠狼は膝を突いたまま反駁《はんばく》した。

「お言葉ですが兄上、我が軍は総数でも三万。それを二手に分けて五万の焔弓軍を囲むことはできません」

まして、斌崘の陣営は弦月の領地内を進軍するからいいが、珠狼の率いる軍は、焔弓へと侵入して攻めよというのだ。危険なだけでなく、敵の布陣を完全に掌握《しょうあく》できていない状態では分が悪すぎる。

だが、良琉那はさも当然というように冷たく言葉を放つ。

「勘違いしているようだが、軍の半分は都の守りに残さねばならぬ」

増軍はせぬ、手持ちの兵で国境を突破せよと命じられ、珠狼もさすがにこれには強く反発した。

「国境兵は五千です。補給線を敷きながらでは、半分も動かせないでしょう。無謀です」

その策は賛成できないと言うと、母親譲りの美貌《びぼう》を歪《ゆが》め、良琉那は声を険しくする。

「五千で足らぬというのなら、それはそなたの指揮力がそこまでしかなかったということ」

「しかし…」

「一騎当千という評判は、虚仮威《こけおど》しだったか？　珠狼」

「……」

金色の瞳が嗜虐性《しぎゃくせい》を帯びて嘲笑《あざわら》った。珠狼はわざわざ全貴族を集めて〝会議〟だと名目を付けた良琉那の意図を悟った。

　珠狼を貴族たちの前で貶《おとし》めるのが目的なのだ。

　良琉那とて実勢が読めないほど馬鹿ではない。戦慣れしている五万の焔弓軍とまともに戦って勝てるわけがないことは承知の上なのだ。だからといって、国の基幹産業である水晶鉱山を奪われたまま何もしないというのは面子《めんつ》が立たない。

　到底できそうにない戦略を立て、それを弟たちに命じる。

　――失敗した際は、こちらの責任か。

　戦に負けても〝珠狼たちが弱かったから鉱山を取り戻せなかったのだ〟と言い張ればよいのだ。ここは、それを貴族たちに印象付けるための場でしかない。

　軍の多寡《たか》などまるで影響がないかのように聞き流す良琉那に、大公は気がかりな顔をしていたが、良琉那の案を退けることはしなかった。


――……。

　父・大公も決して暗愚《あんぐ》な為政者ではない。だが、長く安定した繁栄を誇っていた弦月で、初めて難局に面した統治者でもある。

　自然現象という手に負えない理由で国力が弱まっているのに、対処をせねばならない。民は国が何とかしてくれると思っている。しかし期待を負わされた大公に、打つ手はなかった。

　焔弓との戦のきっかけを作ったのは、血の気の多い次兄だ。大公はそれを知っていたが目を瞑《つぶ》った。弦月は、温暖な焔弓へ侵攻する口実が必要だったのだ。

　結果的に琺輪の仕掛けた開戦のお膳立《ぜんだ》てに乗ったことを、父は後ろめたく思っている。そして戦慣れしていない弦月がじりじりと後退し、かえって領土を奪われている現状に焦燥を感じていた。

　それが、より神がかり的に後押しする良琉那への

傾倒になっているのも、珠狼は理解している。

「……」

父は罪悪感を抱えている。だから、正義のない戦に正当性を求め、上手く言い訳を作ってくれる息子たちの声に頼ってしまう。

珠狼はそんな父を不憫《ふびん》に思う。

――父上は、乱世に向かぬ方なのだ。

気の毒だとは思うが、それに振り回される民はもっと憐《あわ》れだ。

――傷は最小限に抑えなければならない。

こちらからけしかけた戦争とはいえ、もはや焔弓との戦いは避けられない。焔弓はすでに水晶鉱山を占拠し、このまま勢いづけば都まで攻め上ってくるだろう。こちらが凍らない港を欲しがるように、砂漠の国である焔弓は、豊富な水脈を求めて山を越えてくるのだ。この場は引き受けるしかなかった。

――少数突破をするしかないか。

中途半端に五千の軍を動かすとなると、補給線の負担が大きい。身軽に進軍して敵の背後を突くのなら、せいぜい最小限の百から五百までの間だろう。

残りは国境に駐留させ、万一敗走してくる際、焔弓軍を迎え撃つ準備をしておく。最悪の想定を巡らせながら、珠狼は心の中で嘆息し、承諾を告げた。

「かしこまりました。拝命いたします」

屈したとみなしたのか、良琉那は満足げに頷いた。

◇◇◇

ギスギスした公開御前会議が終わり、大広間の扉が開けられて次々と貴族たちが出ていく。王宮は湾から真っ直ぐに大路が繋《つな》がれており、そこから王宮へと上る白大理石の大階段が続いていた。

豊穣《ほうじょう》を表す椰子《やし》を模した大門をくぐると、さらに階段が続き、二、三百人はゆうに立てる広い半円形のバルコニーが張り出していて、大広間はその奥にある。ゆるく曲線を描くバルコニーの手すりは、そのまま両端まで続き、長い外回廊になっていた。

陽射しは強いが、バルコニーは上の階が屋根代わりになって日陰になる。昨晩とはうって変わって温暖な風が吹き始めた都は眩《まぶ》しいくらいだ。

釉薬《ゆうやく》をかけた赤茶色の屋根瓦が白波のようにどこまでも白く光り、白壁に混じって、ところどころに鮮やかな青や朱色の建物が見える。港は航行の再開準備で、遠くからでも風に乗って活気が伝わってきた。珠狼が城下に広がる街を眺めていると、背後の従者たちが踵《かかと》を鳴らして敬礼した。顔を向けると、斌崘が飾り帯を靡かせて近づいてきている。

「お前も聞き分けのいい坊やだな」

「兄上…」

野趣に溢れた金色の瞳が笑う。斌崘はバルコニーに並び、手すりに手を突いて港を眺めた。

「わざわざ負け戦の将をやらされるんだぞ」

もうちょっと抵抗しとけよ、と言われ、珠狼は端正な顔を次兄に向けた。

「兄上も承諾されたではないですか」

「俺は〝良琉那の策を承知した〟とは言ってないぜ」

「…」

第二妃は焔弓の出身で、その息子の斌崘からも、どこか砂漠の匂いがする。肩に掛けた飾り帯は宮爛特産の〝翅織《はねおり》〟と呼ばれる織物で、わずかな光にも微妙に色を変えて美しく輝く、目玉が飛び出るほどの高級品だ。光沢のある鉄色に、ルビーやラピスラズリのような強い色が、風に靡くたびに浮き上がり、濃い肌色の美しさを際立たせる。自由奔放で生命力に富んだ斌崘には、とても似合っていた。

「ご下命どおり、国境兵は南下させるさ。だが、戦うかどうかはそのとき次第だ」

「…それは困る」

冷静に答えた。前後からの挟み撃ちでも数の上で不利なのだ。斌倫の軍とタイミングが合わなければとても勝ち目はない。当たり前の返答をしたのだが、斌倫は愉快そうに声を上げ、珠狼の肩を叩いた。

「少しは慌てろよ。お前の焦るところを見たかったのに」

お前は冷静過ぎて少しも面白くないんだ、と笑われ、珠狼は嘆息した。

「兄上を喜ばせるためにやっているわけではありません。両軍の同期は勝敗の鍵《かぎ》です、そこはきちんと連携してください」

あはは…と笑う兄を呆《あき》れて見ていると、良琉那によく似たかん高い女性の声がした。

「まあ、弟君同士が仲良くされてるとは、麗しゅうございますね」

「琉那《ルナ》さま…」

第三妃・琉那だった。隣には大人しそうな息子の嫁が金髪の男児を抱いていて、さらにその横で良琉那がローブを靡かせている。彼らの後ろはお付きの人々が埋めていた。斌倫は慇懃《いんぎん》に片足を引いて胸に手を当て、貴婦人に対する礼をとる。

「これはこれは…わざわざお声を掛けていただき、恐悦至極です」

勿体《もったい》をつけるように第三妃は手を差し出し、斌倫が接吻《せっぷん》で返す。裾のたっぷりと広がった紫のドレスを着た第三妃は、同色のベールで髪を半分隠し、長い袖を優雅に翻して口元に手をやった。

「ほほほ…お上手な口だこと。此度《こたび》は斌倫殿にも珠狼殿にも存分に活躍していただかねばなりませんからね。期待しておりますよ」

赤い唇が艶《つや》やかに動く。良琉那よりも意志の強そうな瞳がまだ幼い孫に向けられた。

「この子のためにも、安泰な世にしなければ」

ゆくゆくは、そなたが国を治めるのですからね…

とまだ片言も話せない幼児に言い聞かせている。子を抱いた良琉那の妻はただそれに従っていた。

「そうそう、先程の会議では兵の増加はされないと殿下がおっしゃいましたが…」

第三妃は〝殿下〟のほうへ向き直って微笑《ほほえ》む。

「都の守りは確かに欠かせません。ですが、鉱山奪《だっ》還《かん》が失敗したら元も子もないでしょう。私付きの近衛隊を貸して差し上げようと思うのですけれど、いかがかしら」

良琉那は、手を伸ばしてくる小さな息子を適当に手で遮《さえぎ》りながら、優美に返した。

「それはいい案です、母上。あれは一兵十倍の働きをする優秀な兵たちだ」

各々に五百兵ずつ貸すと言われ、斌輪も珠狼も要らぬとは言えず、かしこまった。

「ありがたくお借りいたします」

礼をとるふたりが珍しいのか、金髪の幼児が不思議そうに珠狼を見てきて、目が合う。

——確か、まだ二歳にはなっていないはずだな。

自らが物心つく前に立太子したことから、良琉那も我が子の世継ぎ確定には執着をしている。

そこには、早く我が子の地位を固め、己の盤石な体制を築こうとする戦略が見えるが、当の赤ん坊はそんな事情などわからないだろう。珠狼に興味を持って手を伸ばしてきた。

「あー」

「いけませんよ、良那《ラナ》さま」

ぷくぷくの手が空を掻《か》いて珠狼のほうに向けられる。父親の良琉那は鼻白んだ顔をした。

「好かれたものだな…」

「恐縮です」

「貴方《あなた》の可愛《かわい》い甥《おい》ですからね。末永く盛り立ててくださいな」

「は…」

第三妃は愛想を振りながら、嫁の手から孫を抱き上げてあやし、では、と言って立ち去った。第三妃一家の後には、宮女、侍従、近衛と、ゾロゾロ人が続く。仰々しい一行を儀礼的に見送ると、珷崙はつまらなそうに息を吐いた。

「…まるでお家乗っ取りだな」

「不敬ですよ、兄上」

「大公を陰で操る元・舞巫女が、親子三代で取り入ってるんだ、そっちのほうがよっぽど不敬じゃないか」

黙っていると、珷崙は覇気の強い笑みで珠狼に囁《ささや》く。

「気を付けろ、〝奴〟は本気だ。今度こそ消されるぞ」

穏やかではない警告に珠狼は眉を顰める。ひと気の少なくなったバルコニーで、珷崙の声はかろうじて聞き取れる音量だ。

「奪還作戦の本当の目的は鉱山じゃない。俺たちの始末だ」

「…」

遅い春の青い空に、海鳥の白い翼が映える。軽やかな陽射しに光る街と対をなすように、屋根に遮られた日陰のバルコニーには、ひやりと陰謀の風が吹いた。

「どっちにしたって軍勢の差は明らかだ。奪還できなくたって皆納得するさ。そこに国のために尽くして戦死する公子なんて、まさにうってつけの美談じゃないか」

そして、残るのは安穏と王宮で後陣の守りを決め込むお世継ぎだけだろう…と珷崙はせせら笑った。

「まあ、あいつも憐れだがな。何もかもを母親に仕切られて、抱く相手まで第三妃の指定品だ」

珠狼は顔をしかめた。良琉那の母親が、血筋のよい姫君を息子にあてがって血を繋ぐことに執心したのは、よく聞こえてくる話だった。

　珷綸は、華やかな装いの中で一か所だけ実用本位で身に着けていると思われる、細身の剣の柄に手をやった。

「だが、生憎と俺はわざわざ首を差し出すほどお人よしじゃあない」

「兄上…」

「残念ながら、命根性が汚いんでね」

　気を付けろよ…と言いながら、珷綸は手を振って城下へと続く階段へと降りていった。礼節を守って壁際に控えていた従者たちに目をやると、彼らは一様に表情を引き締めている。

「殿下…」

「大げさに受け取るな。珷綸兄上の軽口だ」

　だが、良琉那たちが本気なのだというのもわかっている。我が子の地位を揺るぎないものにするためには、ふたりの叔父《おじ》はどうあっても邪魔だろう。

　刺客を潜《ひそ》ませるとしたら、まず近衛隊五百兵だ。

「忠告通り、貸してくれるという兵には注視すべきだと思うが」

　普段、ほとんど口を開かないキシが突然進言してくる。

「殿下。今回に限っては、国境まで別動で征《ゆ》かれたほうがよいのではないかと思います」

「キシ…」

「珷綸殿下のおっしゃる通り、これは罠《わな》の匂いがします。お命を狙うのなら、戦に紛れるのを待つまでもなく、道中でいくらでも狙えます」

「まさか…」

　さすがにそれは無いのではと思う。どんなに名目だけだとしても、鉱山奪還のために一戦は避けられない。戦う前に将を落とすというのは考えにくかった。だが、普段自分の見解を主張しないキシが、淡淡と事実を並べていく。

「良琉那殿下も、珷崘殿下のご性情はよくおわかりでしょう。分の悪い戦いなどしない方だ。もしかしたら戦わずに寝返るかもしれない」

「…」

「そうでなくても失礼ながら珷崘殿下のお母君は焔弓との縁をお持ちでいらっしゃる。焔弓の兵力になってしまうくらいなら、先に始末してしまおうと考えるのは、有り得ます」

「…キシ、言葉を謹め」

「申し訳ございません。ですが、国境線までの道中に危険が高いのは確かです」

影武者を立てる。だから別ルートで行ってほしいとキシが重ねる。

「増兵は、遠征に備えて武器類と食料、備品を積んで運ぶのですから足は遅い。単騎で征けば迂回ルートでも十分すぎるほど時間は稼げます」

「……」

「そうですよ殿下。殿下のお命は、僕らが守ります」

デミは、従者を二手に分ければいいと提案する。

「僕がお付きします。僕のほうが普通の旅人っぽく見えると思うし」

どんどん話を進めるデミを、珠狼は止めた。

「気持ちはありがたいが、危険があるならなおのこと別動はとれない」

影武者を立てれば、そちらが狙われるだろう。誰かが危険な目にあうことには変わりがない。

自分の身は自分で守る、そう言いかけると、匪がにやりと笑った。

「殿下が部下を危険に晒《さら》すことを好まないのは存じております。しかしですね…」

ぽん、と最年長のタンと肩を組む。

「我々も同じように、主君を危険な目にあわせることをよしとしないわけです」

「この爺《じい》めに免じて、お聞き入れくだされ、殿下」

「タン…」

白鬚《しろひげ》を蓄えた豪快な戦士が笑いながら片目を瞑り、珠狼もそれ以上士気を挫《くじ》く気になれなかった。

「…わかった。だが、くれぐれも無理はするな。目的は水晶鉱山奪還であって、お家争いではない」

「もちろんでさあ」

彼らは、世継ぎの良琉那から疎まれ、都から一番遠い国境線に追いやられた公子に、無二の忠義を尽くしてくれている。珠狼はその気持ちに心から感謝し、彼らの進言通り、派兵団とは別なルートで国境線まで戻ることにした。

◇◇◇

一週間後。珠狼とデミ、キシの三人は、南の国境へ向かう増兵部隊からひっそりと脱出した。

周囲を欺《あざむ》くために、珠狼たちはあらかじめ、王侯貴族だけが使う四頭立ての馬車を用意した。窓には分厚い織の布が下げられ、ソファや寝台まで設えてあるので、貴族はその中で優雅に移動できるのだ。

珠狼は普段、兵士たちと同じテントを使って野営しながら進むが、第三妃直属の兵たちは、貴人だけ別に行く方式に慣れている。出発だけ顔を見せれば、あとは籠《こ》もっていると見せかけても、不審は買わなそうだった。日中は匡とタンが馬車を守る。

本隊は、武器や物資などを荷馬車二十台に積み、徒歩《かち》の兵も抱えているので歩みは遅い。珠狼たちは街道から外れ、大きく右に迂回しながら南下するルートを選んだ。

平野を往《い》く正規の道と違って、迂回ルートは起伏があり、人里もあまりない。決して楽な道のりでないことはわかっていたが、それでも三人は晴れやかな気分だった。珠狼も黒毛の馬を駆りながら、遥か向こうまで丘陵が折り重なる景色を眺める。

前日までの雪が止み、晴れた空の下で薄く白い雪を被りながらもところどころ灰色の岩が見えた。

この辺りの丘陵地は、それなりに高さはあるものの、切り立ってそびえる国境の連峰に比べるとずっと標高が低い。岩石層が崖となって露出し、背の高い樹木は生えず、夏になると緑の草地が広がる。

吹き渡る風はまだ冷たいが、かすかに春の匂いがし始めていた。遥か下のほうからは、雪解け水が流れている音が聴こえる。

「上手くいきましたね、殿下」

「ああ、お前たちのおかげだ…」

感謝を伝えると、デミは嬉《うれ》しそうに鼻をすすって照れた。キシが冷静に答えた。

「向こうは徒歩ですから、街道を直進しても七日はかかる。最終地点直前で合流するには、何泊かして待つことになるかと思います」

平野部もまだ雪が残っているが、迂回ルートのほうが積雪はある。歩くとなったら大変だが、蹄を埋める程度だから、馬で行く分には問題ない。

「急ぐ必要はないんですから、無理せず進んで、宿が無かったら野営しましょう。食料は余裕をもって詰めてきてます」

「ああ」

キシは黙って頷いている。三人は黙々と馬で進んだが、珠狼はふと行き過ぎかけた左の斜面がほんのり明るいのに気を留めた。

何かがいる。

――精霊…？

雪の上をふわりと黄色やオレンジ色の綿毛のようなものが飛び回っていて、それが雪に反射して明るいのだ。よく見るとそこだけ少し盛り上がっている。そしてそこに青い衣の切れ端が見え、珠狼は手綱を引いて斜面に向かった。

「殿下、どうしました？」

「…人がいる」

近づいて馬から降りると、雪と同化したような白銀の髪が見える。その絹糸のような髪がふわりと動いた気がして、珠狼は雪を掻き分けた。デミとキシが追いかけてくる。

「殿下」

「もしかすると、まだ生きているかもしれない」

上にこれだけ雪が積もっているのだから、死んでいる可能性もあるが、精霊たちが心配そうに飛び回っていることが、生存を予感させた。

雪から掘り出すと、新雪のように透き通った白い肌をした、線の細い身体が現れる。

やわらかな、肩の辺りまである白銀の巻き毛。露《あら》わになっている細い首。性別ははっきりしないが、ほっそりした顔立ちで、ぐったりと閉じた瞼《まぶた》を真っ白な長い睫毛《まつげ》が縁取っており、色を失った唇は小さく開いている。

「しっかりしろ…大丈夫か」

胸に片耳を当てると、鼓動はかすかながらあった。珠狼は薄い身体を抱き上げた。華奢《きゃしゃ》に見えるが、女性ではない。

「温めれば間に合うかもしれない。デミ、テントを張ってくれ」

「え、ここでですか」

「人家が見つかるまで待っていたら、凍傷になる」

身体は顔をしかめたくなるほど冷たい。けれど、鼓動が途切れていないなら蘇生《そせい》できるだろう。

「まだ、陽が高いのに…」

「〝ゆっくり行っても大丈夫〟だと言ったのはお前だぞ」

「言いましたけど…」

でも、行き倒れを助けるなんて…とデミはブツブツ言ったが、作業は手早かった。キシは珠狼の命に従って黙々と馬を留め、斜面より少し上の、安定した場所にテント用の杭《くい》を打っている。珠狼はまるで雪の妖精のような腕の中の男を見た。

この気温に、コートも着ていない。襟の詰まった白いブラウスは胸元に銀の刺繍が施され、袖口にも同じような模様がある。銀のサッシュでウエストが留められているが、その上に羽織っているのは袖の無い、くるぶし丈の青いベストだ。

刺繍の模様や服のフォルムからして、弦月のどこかの民族だとは思うが、農民にも商人にも見えなかった。

――肉体労働はしたことがなさそうだな。

華奢な細い腕と、白くきれいな手を見てそう思ったが、黒い革の長靴に目を移してはっとする。右足首が矢傷と思われるもので革靴ごと破れて、皮膚《ひふ》がめくれている。雪は鮮血を吸って凍っていた。

――何故《なぜ》こんな怪我《けが》を…？

他の傷と違って、鉄製の矢じりはたいてい〝返し〟がついているので、刺さった後が厄介だ。抜こうとすれば肉がめくれるし、そのまま地面に倒れたりした拍子に、力が逆方向にかかって傷口を酷《ひど》く抉《えぐ》ってしまう。

狩りの巻き添えとも思えない。

――兵に襲われたというのか？

人家すら見当たらない場所でどうして…と抱きかかえたまま思案していると、デミが声を張り上げた。

「殿下！　準備できました！」

「今行く」

抱えて歩くと揺れが刺激になったのか、腕の中の人物は、右足を引き攣《つ》らせて意識を取り戻した。

「…ぅ…」

「気付いたか」

「…あ…」

見上げてきた瞳は、空を吸い込んだような澄んだ水色をしていた。驚きと同時に警戒の色が浮かんで、身じろぎする相手に、珠狼はしっかり抱え直して制した。

「怪しい者ではない。雪の中で倒れていたから、手当てをしようと思っただけだ」

「…あ、貴方は」

細いきれいな声だった。こわごわと聞いてくる相手に、珠狼は躊躇《ためら》ってから名乗った。

「珠狼と言う。旅の者だ」

中央に柱を立て、四隅から引っ張って建てる簡易式のテントの中は、きちんと地面の雪を払い、羊の皮をなめした床敷きの上に、ガチョウの羽根を詰めた寝袋を置いている。病人を手当てしやすいように、デミとキシの分も三つ並べて場所を作っていた。

怪我人を運び込むと、デミが入れ替わりでテントを飛び出す。

「今、湯を沸かしますからね。着替えは僕のを使ってください。足元に置きました」

「ああ、助かる」

「あ、あの…」

「大丈夫だ。彼らは私の連れだ」

寝かせた相手は、遠慮なのか警戒なのか、どうにかして自力で起き上がろうとしているが、手足は思うように動かない様子だった。特に末端は凍傷寸前のようで、早急に温めなければならない。珠狼は雪で濡《ぬ》れた服を脱がせようとした。

「な…あ、あの…」

「乾かすからこれは脱げ」

「あ…や……っ…」

相手は非力な腕で抵抗する。女性のようで一瞬躊躇うが、先程抱き上げた感触からすると間違いなく男だ。

珠狼は抗《あらが》う腕を摑《つか》んで、濡れて重くなったベストを剝《は》ぎ取る。

「そのままでは悪化する」

「で…でも…」

「替えの服はある。いいからそれは脱がせてくれ」

「や、…あ…っつ」

困ったように抵抗する相手の服を、無理やり脱がせていくのはなんだかおかしな気持ちになる。珠狼は顔をしかめながら、澄んだ声で拒む男のサッシュベルトをほどいた。

「やだ…」

「嫌だじゃない。風邪をひくと言ってるんだ」

胴体を抱えて逃げ回る男を抑える。

「キシ、ブーツを脱がせてくれ」

「アッ…」

痛みが走ったのだろう。男が真っ白な睫毛を震わせて声を上げた。けれど、その声が妙に生々しく耳に残って、珠狼はいよいよ眉間に力を入れなければならなくなった。下穿《したば》きを脱がせ、上着をめくりあげている自分が、何かとても破廉恥《はれんち》なことをしているような気がしてならない。

「あ…やめて…」

肌を晒されることが嫌なのはわかる。だが隠そうと身を捩《よじ》られると余計なめらかな白い肢体に目がいってしまい、珠狼は耐えかねて渋い苦言を呈した。

「おかしな声を上げないでくれ。まるで無体を働いているような気になる」

「…」

銀髪の男は、困ったように眉をハの字にして、涙目のまま口をつぐむ。なんとなく、キシが含んで笑ったような気がしたが、敢《あ》えてそちらのほうは見ないようにした。

「ほら、腕を上げろ」

雪で冷たく濡れた服の代わりに、デミの肌着を着せる。防寒対策用の羊の毛でできているものだ。丸首で、袖も丈も足らないものだったが、着せられるときは大人しくしてくれた。

「名は、何というのだ？」

「…」

見上げる目は〝どうしよう〟という表情をしている。それは仕方がない。いくら命を助けられたとはいえ、見ず知らずの相手に早々心は開けないだろう。ましてこの男が負っていたのは矢傷だ。見るからに武人とわかる、剣を佩いた自分たちを警戒するのは当然だ。

「別に、身元を確かめたいわけではない。呼び名がないと不便だと思っただけだから、好きなように名乗ればいい」

「……レイルです」

「そうか。ではレイル、少し掴まっていてくれ」

小首を傾《かし》げるレイルに、珠狼は腕を差し出した。

足元ではキシが酒の入った革袋を取り出している。

「足の傷を消毒する」

はっとレイルが華奢な顔を上げた。珠狼はレイルの手を取ってしっかり腕に掴まらせ、さらに胴体を抱えながら説明する。

「この怪我は矢傷だ。きちんと消毒をしないと、場合によっては傷が膿んで足が壊死《えし》する」

酒で洗うしかないのだが、この肉の抉れ方からすると相当痛いだろう。戦士ならともかく、普通の人間にはかなり辛《つら》い処置だ。

「痛いだろうが我慢してくれ、早くやらないと手遅れになることもある」

レイルは目を見開いて強張《こわば》ったまま、恐る恐る頷いた。珠狼はキシに軽く頷いて構える。

「はじめてくれ」

「……ッツ！」

ビクッとレイルの身体が引き攣り、痛みをこらえて珠狼の腕にしがみつく。キシは酒を掛けながら砂や木切れなどを洗い流し、めくれた肉を丁寧に戻して傷が塞《ふさ》がりやすいようにしている。

「く……」

「もう少しだ」

レイルの細い指が、珠狼の袖をぎゅっと握り締めて震えた。

「…」

戦場では骨折の手当てや手足の切断処置などが起こる。当然怪我人は激痛に暴れるので、手当てをする者以外に、患者を取り押さえる役が必要だ。だがレイルは痛みに蹲《うずくま》る動物のように、息を詰めてじっと耐えている。

珠狼は背中を抱き寄せ、その痛みを少しでも和らげようと背をさすった。

「っつ…」

「頑張れ、もうすぐ終わる」

「…縫わなくてもいけるかもしれません」

傷口がきれいですから…とキシが診立てた。ひどく肉が抉れているように見えたが、皮膚はちぎれていなかったらしい。切れた皮膚同士をぴったりと合わせられるのなら、あとは布で固定すれば自然に塞がる。

「そうか。ではしっかり巻いておいてくれ」

「はい…」

キシは白い綿の布を、足首から踵まで何周もさせてきっちりと固定した。

「終わったぞ…」

「…は…あ」

傷を固定されて、少し楽になったのだろう。詰めていた息を吐き、ガチガチに固まっていた身体が少しずつゆるんで、脱力と同時にレイルの身体は小刻みに震えた。

珠狼はその背中をとん、とんと宥《なだ》める。

「よく耐えたな」

「…珠狼…さん」

「珠狼でいい。矢傷の手当ては武人でも呻《うめ》くものだ」

よく辛抱できた、と背を撫でて労《いたわ》ると、ホッとしたのか、レイルはそのままぐらりと寄りかかるように倒れた。

「レイル…！」

気を失った血の気の無い顔に、珠狼は慌ててレイルを寝かせ、凍傷になりかかっている手指を温めた。

◇◇◇

「……あ、の……」

レイルが目を覚ましたのは、その日の夜更けだった。凍死しかかった怪我人を優先するために、レイルは羽根を詰めた寝袋で上下を挟むように寝かされ、寝具が足りないので男三人はレイルを取り囲むように胡坐《あぐら》をかき、車座に座ったまま仮眠をとっていた。

目が覚めたら、石像のように男たちが座して眠っているのだから、驚いただろう。レイルは大きな瞳をぱちくりと瞬かせて見上げていた。

珠狼はすっと白い額に手を当てる。

「…熱は、無さそうだな」

心配していたような重篤さは無かった。もしかすると、思ったより倒れてから発見までは短い時間だったのかもしれない。

デミは、ひとりで炊事をこなして疲れたらしく、こっくりこっくりと危なっかし気に舟を漕《こ》いで揺れている。キシは微動だにしないのでわからないが、珠狼は起こさないように低くレイルに尋ねた。

「痛みは…？」

レイルが首を横に振る。やがて自分の状況に気付いたのだろう、申し訳なさそうにもぞもぞと動いた。

「すみません…僕が、皆さんの寝袋を使ってしまったんですね」

起き上がって返そうとするのを、肩を押しとどめる。

「大丈夫だ。横にならずに眠ることには慣れている」

「……騎士なんですね」

「…傭兵《ようへい》だ。これから、国境に雇われにいく」

迷ったが、嘘《うそ》をこしらえた。どうしても矢傷を負ったレイルに軍籍にあるとは言いづらい。

手当てをしたのがキシで、あの少年がデミで、と紹介しながら、珠狼は静かに聞いてみる。

「何故、こんな場所にいたのだ？」

辺りには村もなく、ふらりと立ち入るような所ではない。レイルは申し訳なさそうな顔をしたが、答えなかった。

珠狼は追及せず、灯りと暖を取るための焚火《たきび》に燃料をくべた。焚火とはいうものの、森から離れているので薪《まき》ではない。牛糞を乾かした携帯燃料だ。この固形燃料は炭火のようにゆっくりと燃える。簡易テントで煙り出しの窓が無いため、入り口近くで少しテントの端をめくって煙を逃がしていた。


「…これも無理に聞くつもりはないが、何故あんな怪我を？」

聞くだけ無駄かもしれないと思いながら尋ねたが、やはりこれも答えはなかった。

「……すみません」

事情はまるでわからない。名前さえ本当かどうか定かではない。けれど何故か怪しむ気にはなれない。

珠狼はそっとレイルの額に手をやった。

「眠ったほうがいい。傷が熱を持つこともある」

見つめてくるレイルの瞳は、頼りなさを漂わせている。珠狼は静かに言い聞かせた。

「言いたくなければ言わなくていい。我々は国境へ向かっている。道中、人家の近くまでなら連れていってやれる」

どのみち、自分たちは国境を越えて戦に行くのだ。怪我人のレイルにしてやれることは、人の住む場所に送っていってやることぐらいしかない。

どうせそこで別れるのだから、名も身元も知らぬままでいい…。珠狼はそう自分の中で結論を付けて、また焚火に目を戻した。

「……」

炭のように燃料は小さく赤く燃え、灰色に変わっていく。熾火《おきび》はじんわりと温かく、細くたなびく煙は冷えた夜の空気を上っていった。珠狼はずっとそれを見ていた。

◇◇◇

翌朝、出発の荷造りをする横で、レイルは人里まで送るという申し出を丁重に辞退してきた。

ぺこりと礼儀正しく頭を下げるレイルを前に、珠狼は眉を顰めて尋ねる。

「しかし、その足でどうするつもりだ」

「なんとか、なると思います」

ふわりと微笑んではいるが、根拠のない答えにはとても同意できない。

「…どこまで行くんだ？」

向かう方向が違うというのなら、少し遠回りしてでも送っていってやろうと思う。けれどレイルは曖昧にしか答えない。

「…え、と、あの…山、に」

山の名は知らないというのに、行けばわかるという。

「本当に、こんなにご親切にしていただいたのに、何のお礼もできなくて申し訳ありませんが…」

——知られたくないことがあるのか…。

おっとりとは言うが、どうあっても固辞する気らしい。昨晩の様子からすると、問い詰めても無駄な気がした。何か、話せない事情があるのだろう。

珠狼は溜息《ためいき》をついて自分が羽織っていた灰色のマントを外し、レイルの肩にかけた。

「…？　珠狼、さん？」

「そんな薄着で旅はできないだろう」

「でも…」

畳んだテントを馬の鞍に結わえているデミのほうを振り返る。

「デミ、ひとり分の食料を袋に詰めてやってくれ。手ぶらで歩かせるわけにはいかない」

レイルが慌てた顔をした。

「いえ、そんなことをしていただくわけには…」

大丈夫ですから、何とかしますからと、何ひとつ持っていないくせに手を振って遠慮している。珠狼は構わず、テントの支柱に使っていた木材を馬に積んだ荷から抜く。

「杖《つえ》代わりに使え。そのままでは歩けないだろう」

「…珠狼さん」

「キシ、床布で荷を曳《ひ》いていけるようにしてくれ」

荷物を背負うと、足首に負担がかかってしまう。キシも短く返事をすると、短刀で羊皮の敷物を手早く切り、予備の麻紐《あさひも》で二か所を縛って、橇《そり》のように雪の上を曳いていける仕様にした。

「…あの……」

「食料は余分に持ってきている。心配しなくていい」

羊皮の橇の上に、食料を入れた寝袋を乗せ、麻紐でさらに結わえる。食料はデミがきちんと油紙で包んでいた。珠狼は簡易橇の紐をレイルに握らせる。

お節介だとは思うが、せっかく助かった命だ。無事に生き延びてほしい。

「気を付けて行けよ」

「珠狼さん…おふたりとも……」

ありがとうございます、すみません…とレイルは深々と頭を下げる。

「ではな…」

珠狼たちは騎乗したが、レイルはいつまでも動こうとしない。

「殿…珠狼さま…」

「あ、ああ…」

促されて、珠狼は仕方なしに手綱を引いた。

斜面の上に野営したので、行く先はなだらかな下り道だ。

「……」

少し進んだものの、やはり心配でならない。

——大丈夫なのだろうか。

本当にあの足で歩けるのか。本当にひとりで旅ができるのか。

——旅慣れているとはとても思えないが…。

考えるほど不安が広がってそわそわし、珠狼は無意識に馬の腹を足で締めていた。

珠狼の馬が止まり、供をするふたりの馬も足を止める。

——ちゃんと歩けるかだけ、見届けておくか。

そっと遠くから様子だけ見て、大丈夫だったら出発すればいい…珠狼はそう心の中で言い訳し、馬ごと向きを変える。デミもキシも珠狼の意向に従って、一度下りた斜面を登った。

そっと、足音を忍ばせて戻ってみる。すると杖を頼りに、レイルはずるずると荷物を曳いて歩いていた。

——…あ?

歩いてはいる。だがよろよろと危なっかしい上、逆側に向かって進んでいた。珠狼は思わず駆け戻った。

「どこへ行く気だ。そっちは海側だぞ」

「…え？」

ふわふわの銀髪が振り返る。可憐な声は驚くほどのん気だ。珠狼は眉間に皺《しわ》を寄せてレイルの傍《そば》に降り、国境のあるほうを指さして示した。

「山は反対側だ。そのまま進んでも、海側の崖に着くだけだ」

「え…あ、それは、大変……」

レイルは驚いた顔をし、恐縮してペコリと頭を下げる。

「すみません。ありがとうございます」

あっちですね、と素直に指さされた方向へ向きを変えるが、ちゃんとわかっているのか怪しい。

「…本当に、大丈夫なのか？」

「はい」

にこっと淡い水色の瞳が微笑む。歩くのが難儀だからなのか、頬はピンク色に上気し、うっすら汗をかいていた。

――大丈夫なわけないだろう。

たったこれだけの距離でこの状態なのだ。珠狼はどう説得しようかと眉根を寄せたが、レイルは汗ばんだ顔でにこにこしている。

「あの…本当に大丈夫ですから、お構いなく」

どうぞお先に…と促すが、だからといって、はいそうですかと置いていけるわけがない。結局見合ったまま進展できずにいると、デミが後ろから声を掛けた。

「珠狼さま……我々ももう行かないと」

「…ああ。そうだな」

デミも同情気味な顔はしているが、こちらの旅程が進んでいないことを心配している。

「……」

無理強《じ》いはできない。

レイルはひとりでいいと言うのだ。できるだけのことはしてやったし、自分は見ず知らずの他人だ。これ以上立ち入る権利はない。珠狼は複雑に眉根を寄せたまま嘆息した。

「……気を付けていけよ」

「はい。ありがとうございます。珠狼さんも、お元気で」

再び別れの挨拶《あいさつ》をし、珠狼は仕方なく馬を歩かせ始める。

またなだらかな坂を下り始めるが、後ろに付いてくるふたりもじっと黙ったままだ。

本人の希望とはいえ、後ろ髪は引かれる。

自然に歩む速度は遅くなり、全員静かに背後の様子を窺《うかが》っているのがわかった。

背後で「あっ…」というレイルの声が聞こえ、三人ともぴたりと馬を止める。

「…」

「…」

「…」

全員で顔を見合わせ、じっと耳を澄まして、戻るべきかどうかを逡巡《しゅんじゅん》する。するとまたさくりと雪を踏む音がして、珠狼は無意識に息を吐いた。出発を促したはずのデミも、視線を彷徨《さまよ》わせている。

全く落ち着かない。あんな調子で一体どのくらい前に進めるのか気になって、身じろぎもせずにレイルの気配を探ってしまった。

遠くで、よいしょ…という声がかろうじて聞き取れ、少しは距離が進んだのではないかと思った。その後も、心配していたような悲鳴は上がらず、やがて足音が遠ざかって聞こえなくなった。

――歩くコツを、つかめたのかもしれない。

ようやく「我々も出発するか…」と互いに目を見合わせたとき、雪に吸い込まれそうなほどか細い声がした。

「わあ…」

「！」

反射的に珠狼が手綱を引いて、もう一度駆け出す。デミたちも坂道を戻った。

――今度は何だ…。

別れた場所へ走ると、昨日倒れていた斜面の先にレイルの姿が見えた。橇が雪にもっていかれているらしく、ずるずると先に荷が滑っている。止められないレイルはそれに引き摺《ず》られて斜面を転げていた。

珠狼が駆けながら叫ぶ。

「手を離せ！　レイル！」

聞こえないのか、レイルは転がりながら皮橇の紐を握り、荷物に引っ張られるように滑り落ちていく。

この辺りの地形はいきなり傾斜がきつくなる場所もある。雪面のせいではっきりしないが、斜面の先が見えないから、その先が崖などで途切れている可能性もあるのだ。

珠狼は焦って叫ぶ。

「レイル！　荷を捨てるんだ！」

「わあ…っ」

急に荷物が見えなくなって、レイルの身体が前に引っ張られた。

――――レイル！

頭が半分落ち、見えなくなる。珠狼はギリギリまで馬で駆け、飛び降りてレイルの胴を捕まえた。


「！」

ザザザ、と珠狼の身体も崖の先に引き摺られたが、レイルを抱えたまま片手と両足を踏ん張ると、雪煙が上がる。

ふいに、がくんと引っ張られる力が弱くなり、皮橇から荷が外れたのがわかった。地面を蹴り、反動を利用してレイルの身体を後ろ側に引っ張る。珠狼はしりもちを着くようにして崖縁から後じさった。

時間差で、崖下に落下した荷物が岩にぶつかっていく音が反響する。眼下には森と河が蛇行する景色が広がっていた。

「…」

間一髪で、荷物の道連れにならずに済んだのだ。

雪まみれのレイルを抱き込んだまま荒い息を吐くと、レイルは申し訳なさそうな顔をした。

「すみません……いただいた食料が……」

「そんなことを言ってる場合か！　荷を捨てろと言

ったたろう、死にかけたんだぞ？」

思わず怒鳴ると、レイルは叱られた子犬のようにしゅんと小さくなる。

「……すみません」

「…もういい」

雪を払って立ち上がらせながら、珠狼は端正な眉に皺を刻む。

こんなハラハラする思いはたくさんだ。また事故にあうのではないかと気を揉《も》み続けるくらいなら、どんなに嫌がられても安全な所まで連れていくほうがいい。

「行きたい場所まで送ってやる。いや、送らせてくれ」

最後は半ば頼み込むようなものだ。

追いかけてきたデミは珠狼の馬の手綱を押さえ、キシは途中でレイルが見失った杖代わりの支柱を拾い上げていた。

「他人の事情を詮索《せんさく》する気はない。何も言わなくていいし、どこへ行くかも秘密のままでいい。だから、大人しく馬に乗ってくれ」

デミも、どっと疲れた顔をして加勢する。

「そうですよ。せっかく助けたのに、同じ場所で遭難されるなんて…」

「……すみません」

「町か村を見つけたら、馬を調達する。そうしたら、ひとりでも旅ができるだろう」

馬にさえ、ひとりで乗れるのかどうか怪しいが…と思いながら、珠狼は当面の言い訳を作ってレイルに提案した。

レイルはひたすら恐縮し、荷物を失ったことを詫《わ》びて、提案を受け入れてくれた。

◇◇◇

一行は迂回ルートを馬で進んでいる。珠狼はレイルを前に乗せ、あまり揺れないように気を付けてやっていた。

「……足は大丈夫か？」

様子を尋ねると、銀色の髪がふわりと振り返る。

「はい、平気です」

「そうか…」

珠狼は黙って前を向き直るレイルを見た。

レイルは、話しかければ笑顔を見せる。だがそれは相手を気遣《きづか》っての表情で、本当に笑っているわけではないと思った。視線を前に戻すと、レイルの表情からは笑みが消えてしまう。

——どこへ行こうとしているのだろう…。

家族や、同胞の元へ帰るというような表情には見えなかった。気付かれないように後ろから観察している限り、レイルの表情にウキウキしたものは見えない。

やわらかな眼差《まなざ》しはどことなく曇りがちで、そのせいか、いつもなら何だかんだとお喋《しゃべ》りを始めるデミも遠慮がちだ。

「…」

足元はまだ雪が残っているが、空はもう春のやわらいだ青さだった。うららかな陽射しは、雪に反射して眩しい。

四人とも黙って走っているとき、頭上に影が差した。レイルが小さく肩を引き攣らせて、太陽を背に翼を広げた鷲《わし》を見上げる。

眉根を寄せ、不安を押し隠しているのか、瞬きもしない。珠狼は庇《かば》うようにマントでレイルの肩を覆ってやった。

「大丈夫だ。襲ってはこない」

——もしかして、何かに追われているのか？

もしくは、まだ矢を射かけられた恐怖が残っているのかもしれない。後ろから抱きかかえて宥めると、レイルは取り繕《と　つくろ》うように微笑を見せた。

「…すみません。何でもないんです」

「…」

何に謝っているのだろう。無理に笑っている気がして、珠狼はマントの下に隠すようにレイルをくるんだ。

「…珠狼さん」

「日に焼ける。肌が白いから、焼けるのも早いだろう」

ついでに、包帯を巻いた足が鬱血するからという理由で横抱きにした。こうしてしまえば、マントの中にすっぽり入って、姿は見えなくなる。

「あの…大丈夫です」

マントの中から顔を覗《のぞ》かせるレイルの頭を撫で、珠狼は笑みを向けた。

「雪焼けを甘く見ると、顔がそばかすだらけになるぞ」

からかうと、デミが後ろから付け加えて言う。

「そうですよ。僕なんかもう顔中そばかすだらけで消えないですもん…」

「デミさん…」

ひょこんとマントから白い指が出て、目だけが後ろを見ようとする。珠狼はそのプラチナブロンドをくしゃっと掻き混ぜてマントに沈めた。

何となく、姿を隠してやりたかった。理由も知らないし、何も聞いてはいないけれど、レイルが何かに怯《おび》えているのは確かだ。

「日暮れまでには野営地を決める。怪我もしているのだから、無理をするな」

布の下から小さく詫びる声に微笑みかけ、珠狼はそのままレイルを抱えて走った。

マントの中で、小動物のようにレイルの体温が伝わってくる。そして珠狼は、その気配が少しずつ穏やかになっていくのを感じた。

姿が見えないように遮ったことが、レイルを安心させたのだと思う。同時に、やはりレイルが何かから逃げているのではないかと思った。

――人里に下りようと思ったが…。

レイルに約束した通り、馬を用立ててやるなら街道沿いの平地に進路を取ったほうがよい。だが、珠狼は敢えてそのまま森へと進むルートを取った。

レイルの事情はわからないが、今は人目を避けたほうがよいような気がするのだ。

マントの下は、いつの間にかそっとレイルが寄りかかって眠っていた。

森の入り口に着いたのは、夕陽が大地に沈みかけた頃だった。丘陵のなだらかな稜線《りょうせん》がオレンジ色に照り返り、反対側の空は刷毛《はけ》で塗ったような藍色だ。目の前の森は黒々と鎮まり、眩しい黄金の夕陽の欠片《かけら》が枯れ枝を照らしている。

「今日は森に宿を借りよう」

一同が頷く。目を覚ましたレイルも薄暮の中でマントから顔を出し、森に入るときの略礼をとった。

珠狼は、ごく自然に取ったその仕草を、目の端で確認する。

――森の民なのか…。

都に住む人々は、いつの間にか忘れてしまった風習だ。

森は、本来精霊の棲む場所なのだ。もちろん、人人は普通に森に入り、木々を切り、森の恵みを受け取るが、やはり人間が勝手に立ち入ってよい場所ではない。だから村人から貴族にいたるまで、森と共に暮らす人々は、皆自然に礼をとり、守護の詞《ことば》を胸に浮かべる。当たり前のように指を組んだレイルも、おそらく同じように森と共に生きる部族の人間なのだと思う。

山端に陽が沈み、残光でかろうじて足元が見える程度になった。濃紺の空には、月が白く輝き始める。珠狼たちはほどよく常緑樹の藪《やぶ》に囲まれた場所を見つけて馬を止めた。

「ここにしよう」

先に下馬してレイルを抱え下ろす。キシは黙って馬を引き受け、デミはもう野営のための荷を下ろした。

「真っ暗になっちゃうとまずいから、僕、先に枝を拾ってきますね。キシ、テント頼んでいい？」

「ああ」

「行ってきます！」

デミが手を振って走り出す。見送っていると、ふわりと綿のような白い光がいくつか浮かんだ。テント用の帆布を広げていたキシが珍しそうに言う。

「精霊ですかね」

「ああ。ファロだったかフォロだったか…そんな名ではないかな」

〝行灯《あんどん》〟という古語だ。人の足元が危ないときに、まるで提灯《ちょうちん》や行灯のように明るくしてくれるので、そう呼ばれている。

「…加護がありますね」

「そうだな…」

ずいぶん、好かれたようだ。握りこぶしぐらいの白い綿が、駆けだしたデミの後を追うようにふわりといくつか漂っている。珠狼はそれを見て安心し、キシとテントを張った。

森と、森の精霊たちが自分たちを受け入れてくれているのだ。ああいう精霊が人の前に姿を現してくれているなら〝魔女の吐息〟のような悪さをする精霊は現れないだろう。しばらくキシとふたりで杭を打ったり寝袋を敷いたりと設営をしていた。だが、終わってふとテントを出ると、レイルの姿が見えない。

「……」

キシはもう煮炊きの準備に入っていて、手近な石を円に組み、デミが枯れ枝を持ってくれれば火をつけられるようにしている。珠狼はぐるりと辺りを見回し、ほのかにきらきらしている場所を見つけた。

――レイル…。

木立に繋いだ馬の傍だ。俯き加減に馬の鬣《たてがみ》を撫でている背中で、粉屑《こなくず》のような精霊たちがきらきらと軌跡を描いて飛び回っている。

頼りない後ろ姿はどこかさみしそうで、珠狼は、心配そうにレイルの背後で群れる精霊を眺め、静かに近づいた。

「……レイル」

「あ…」

振り返るレイルの白い頰を、黄色や黄緑色の光が照らす。

「どうした？」

静かに尋ねると、レイルはやはりふわりと笑った。

「いえ…なんでも……」

やわらかい微笑みを見ると、まるで悩みなどないかのように見える。けれど、馬が慰めるようにレイルの手を舐《な》めた。

「わ…」

珠狼も、精霊の光に照らされたまま笑う。

「馬も心配するくらいだ…それに精霊たちも案じている」

「あ…」

レイルは今ごろ精霊を意識したらしく、ハッとした顔をする。庇うように彼らを後ろ手に隠し、首を横に振った。

「あの…これは…」

――もしかして〝精霊使い〟なのか…？

弦月には、いくつもの部族がある。彼らは太古からこの地にいた精霊たちと共に暮らし、精霊を敬って生きてきた。しかし大公国としてまとまったとき、国はそうした古い部族にも、近代国家の枠組みに入るように強制した。

戸籍を作り、税を課す。特に、大公の権威を脅《おびや》かす部族お抱えの呪術師や魔導士、精霊使いなどは徹底して弾圧された。その結果、多くの民は国の指導に従い、近代的な暮らしになった。

今、昔ながらの暮らしを頑《かたく》なに守っているのは、辺境に住むほんのわずかな部族だけだ。

その部族たちも税は納めるし、国の決めたことにも逆らわないが、都市部のような暮らしはしない。

彼らは存在を否定するが、古い部族にはいまだに呪術師や精霊使いが身を潜めているのだ。

医術者や薬師に名を変え、国から禁じられた術を使う。街の人間たちはそれを恐れて古い部族を忌み嫌い、部族の人々もまた、呪術師や精霊使いが見つかったら召し上げられてしまうので、頑なに余所者《よそもの》を受け入れなかった。

だが、弦月国ができてもう千年以上経《た》っている。精霊を従えて戦ったという、古代のような力有る者はもういない。精霊使いといっても、せいぜい精霊が視《み》えて、彼らの助けを得て薬草を採ったり薬を煎じたりする程度だ。だから役人も彼らの存在を半ば黙認しており、精霊使いとは薬師の異名だと思っている者も少なくなかった。

レイルも、そうした精霊使いのひとりなのかもしれない。だが、公式に認められていないからだろう、緊張気味に隠そうとしている。

珠狼は穏やかに馬の首に手を伸ばして撫でた。

「私の祖父も、精霊に好かれる人だった…」

「…」

「母方の一族は、東の森に住んでいる」

今回のルートからは外れているが、もう少し内陸に逸《そ》れて行けば着ける。領地の大半は森だ。

「私は都の生まれだが、一族の習わしで、子供の頃その森に帰ったことがある」

祖父は爵位を持っていたが、王宮に伺候《しこう》することは稀《まれ》で、生涯のほとんどを東の森の領地で過ごした。

珠狼は黒毛の馬を撫でながら懐かしく思い出す。

「祖父と一緒に居ると、私にも精霊が好いて寄ってきてくれる…それが楽しかったんだ」

「珠狼さん…」

大公家よりも精霊に近しい者を許さず、精霊使いが弾圧されたのは、もうずいぶん昔のことだ。そして、祖父の元で暮らしたことのある珠狼からすると、精霊と共に生きる森の民は、ごく自然な存在だった。

警戒する必要はない…そういう意味を込めて珠狼は自分のルーツを話した。

「母方の一族は、狼《おおかみ》を守護とする氏族だ。だから、男子の名には皆、狼の文字が付く」

東《ファー・リー》の森の一族は古い部族で、ごく早い時期に大公家に家臣として下っている。


「祖先は、覇権を争って血を流すより、軍門に下ることを選んだ。統治者が自分かどうかにこだわるより、協同して開墾《かいこん》するほうが、部族にとってよいと判断したそうだ」

レイルが、単なる興味とは思えないような真剣な顔をして聞いている。

「部族の大半は農民になった。だが今でも、その判断をした長《おさ》を誇りに思っている」

だから、長から伯爵となっても、祖父の家はずっと領民から敬われ続けている。珠狼はレイルに笑いかけた。

「私も、祖先を忘れないように、部族の血を引く男子として、森での暮らしを経験させられた」

部族には、五歳、十歳、そして部族で成人とされた十五歳のそれぞれで、一定期間森の中で暮らす掟《おきて》がある。

野営の仕方、獣の追い方、仕留め方から獲物の解体までを、野営しながら学ぶのだ。皮から肉、骨に至るまで、得た獣は余すところなく自らの糧にする。

大人の男に混じり、最小限の装備で、森にあるものだけを使って生きる暮らし…。それは宮廷で人に傅《かしず》かれて生きる日々とは全く違なるものだった。

珠狼の母は、周囲の反対を意に介さず、我が子を祖父の元へと送り出した。たとえ大公家の子であっても、東の森の一族であることを、忘れないようにさせたかったのだと思う。

「おかげで、今でもこうして森の加護を受けられる」

「…珠狼さん」

「行こう、デミが戻ってきた」

一抱えの枯れ枝を持ってきたデミを見つけ、さりげなくレイルに腕を貸す。

「すみません…」

レイルは、複雑そうな眼差しをしまい込んで微笑んだ。


南下しているせいか、森の中にはもう雪がなく、新緑こそ見えなかったが、芽吹く気配はあちこちで見えた。

テントの上に張り出している枯れ枝の向こうは銀色の星々が瞬いている。四人はテントの前に作った焚火を囲み、夕食を取った。

「はい、レイルさん」

「…ありがとうございます」

干し肉を、塩と香辛料で味付けしたスープ。木の実をぎっしりと小麦粉に練り込んで焼いた堅パンが食事だ。これに革袋に詰めてきたワインが付く。

堅パンには蜂蜜がたっぷりと入っているので、どちらかというと焼き菓子に近い。日持ちがする上、ほんの少しでも十分腹持ちする、旅に欠かせない携帯食だ。

レイルは木の椀《わん》によそわれたスープを見たが、それがデミの食器だと察すると、堅パンを手にそっとデミに器を返した。デミが慌てる。

「遠慮しないで、食べてください」

「いえ、あの…僕はこれで十分なので」

さすがに食器の予備までは持って来ていない。珠狼は遠慮するレイルを横目で見て、自分の器を渡し、焚火にかけていた簡易鍋を手元に下ろした。

「珠狼さま…」

「私はこれでいい」

「じかになんて、熱っついですよ！」

駄目です、とデミが慌てて自分の器と取り換えようとする。珠狼はそれに笑った。

「いや、こちらのほうが量が多いからな。おかわりをしたいなら今だぞ」

そう言うと、デミは迷った顔をし、頬を赤らめて器を出した。

「じゃあ…ちょっとだけ」

成長期の食欲に勝てないデミに、キシがクスリと笑う。

「食い過ぎて横に伸びるだけなんてごめんだぞ」

「言ったな…覚えてろ、来年には追い越してやるんだから」

「…どうかな。それは去年も聞いた気がするが」

「伸びるさ。珠狼さまだって、十五のときにそのくらい伸びたって…ねえ、珠狼さま。そうですよね」

デミは憤慨しながらよそい足した肉汁を掻き込んでいる。珠狼は笑いながら相槌《あいづち》を打った。

「まあな。伸びるときは一気に成長することが多い。ほら、背丈のためだ」

一枚肉を継ぎ足してやると、デミは頬張りながら顔をしかめる。

「…おかひいよな…こんなに腹減るのに、なんで伸びないんらろ…」

「ちゃんと飲み込んでから話せ」

行儀が悪い…と、キシが小言を言い、デミは頭を掻きながらもけろっとしている。珠狼はふと、やり取りを微笑んで見守っているレイルに目をやった。

「…口に合わないか？」

手にした堅パンも、ほとんど食べていない。気遣うとレイルは慌てたように首を振る。

「いえ…美味《おい》しいくいただいています。甘くて、焼いた方はお上手なんですね」

「それ、うちの母の特製なんですよ」

「お母様の…」

デミが自慢そうに笑った。

「我が家のは蜂蜜に楓蜜《かえでみつ》も絡めてあって、木の実だけじゃなくて干した杏《あんず》とかも入ってるから、すごく美味しいんです」

都に帰ったときには必ず作ってもらうのだと言い、なんとなく、都の暮らしでは無いことがばれてしまった。

傭兵だとは言ってある。特にレイルに話すことに危険はないと踏んで、珠狼も元から国境警備に着いていたことを明かした。

「もう、何年でしたっけ、珠狼さま」

「四年かな…」

「いえ、五年目に入っております」

「そうか…」

もうそんなになるのか、と話しながら改めて年月を思う。

「僕、国境へ行くとき、初めて従者になったんです」

「そうだったな」

まだ声変わりもしていなかった頃のデミを思い出して、珠狼は笑った。

「郷《さと》が恋しくて、厠《かわや》でべそをかいていたのが嘘のようだな」

「し、珠狼さまっ！」

おねしょをバラされた子供のように、デミが慌てる。キシもしれっとした顔でからかった。

「なんだ寝床でも鼻を垂らして泣いてたくせに、外でも泣いてたのか」

「あーっ、内緒にしてくれるって約束したくせにぃ」

「もう時効だ」

「ひどいよ～」

デミは腹立ちまぎれにキシをポカポカと叩いている。キシは不愛想な顔しかしないからわかりにくいのだが、老齢のタンと子供のデミと、実戦の役に立たない従者しか用意されなかった第三公子のために、護衛をひとりでこなしながら、デミの面倒もきちんとみてやっていた。

デミもそんなキシの気性を知っているから、優しい言葉をかけてもらえなくても慕っている。

キシはデミの攻撃を軽く避けてからかい続け、その様子を眺めていた珠狼は、ふとレイルと目が合った。

「…皆さん、仲がいいんですね」

「付き合いが長いからな…」

珠狼はバチバチと勢いよく燃える火に、もちのよさそうな太い枝をくべる。

「南の国境は山と森に挟まれた何もない場所だ。それに、着任すると早々都には戻れない」

寒さは厳しく、冬になると馬の背よりも深く雪が積もる。

「そういう所だから、皆助け合って力を合わせないと冬を越せないんだ」

「…」

慣れない雪山で暮らすうちに、いつの間にかよき仲間になっていた。身分は違うが、珠狼にとっては宮廷の貴族たちより心を許せる大切な人々だ。

焚火の向こうでキシとじゃれるデミを、レイルが眩しそうに見つめている。

――レイルには、誰がいるのだろう…。

雪の中でひとりだった。もしかすると、同行者はすでに殺されているのかもしれない。

故郷で待っていてくれる人はいるのだろうか。レイルの無事を、心配してくれる人はいるのだろうか。

「……」

聞いてはいけない気がした。それでも、レイルに何か声をかけずにはいられない。

珠狼は手を伸ばし、炎に輝く銀色の頭を撫でた。

「早く、帰れるといいな…」

レイルのやわらかな面差しに、こらえるような緊張が走る。まるで、答えたらそのまま泣き出してしまいそうな顔をして、レイルは薄桃色の唇を引き結び、炎の影に視線を落とした。

――レイル…。

もしかして、帰れないのではないか。口にしたのは自分たちと別れる口実だけで、本当は、戻る場所などないのではないか…。レイルの沈黙が胸を騒がせた。

俯くレイルに、珠狼は言葉を探す。

「故郷で、心配している人がいるかもしれないだろう…？」

親や兄弟でなくても、どこかに、誰かひとりくらい、レイルのことを案じてくれる人はいるはずだ。

だが、レイルは答えなかった。やがて俯いた地面に、ぽとりと涙が落ちる音がして、珠狼は慌てた。

「レイル…」

余計なことを言うのではなかった…。訳ありだとわかっているのに、慰めるつもりで余計に悲しませてしまったのだ。ほとんど顔が見えないほど屈《かが》みこんだレイルに、珠狼は狼狽《うろた》えたまま手をこまねいた。

様子に気付いたデミたちも、じゃれるのをやめて遠巻きに見つめている。

デミがわざとらしく声を上げた。

「あ…僕、そろそろ鍋洗ってこようかな」

椀を重ねている横で、キシが珠狼に視線で窺う。

珠狼は困りながらもデミについて行くように頷いた。

今は、そっとしてやったほうがいい…。

「…行ってきまあす」

デミとキシが鍋や匙《さじ》を手に森を出ていく。森の外にあった残雪で洗うのだろう。足音が遠ざかるにつれて、枯れ枝が微風に揺れる音だけが響いた。

レイルの肩が震えて、銀糸のような髪が波打つ。珠狼はその背をゆっくりと抱き寄せ、ぽんぽんと宥める。

「……すみませ、……ん」

「いや…私が悪かった」

レイルは胸元に顔を埋めたまま、嗚咽《おえつ》を堪えている。ぽとぽとと落ちる涙が、温かいまま染みてきて、それが珠狼には切なかった。

「…すまなかった………」


レイルは顔を隠したまま首を振る。彼は、このおっとりした姿からは想像できない、重い何かを背負っているのだ…。ひとりで抱え込んでいるレイルが不憫で、そしてしがみつかれた体温が珠狼の胸の奥を妙にざわつかせた。

梢《こずえ》が夜空に乾いた音を奏で、時おり焚火が風に火の粉を舞い上げた。


夜――。

珠狼とレイルはテントに眠り、キシとデミは二頭の馬の間に交替で眠ることにした。火を怖がらないので、馬は連れてこられると焚火の隣で大人しく蹲る。

レイルは貴重な寝袋を減らしてしまったことに恐縮したが、どのみちひとり増えたのだから、全員テントで眠れないのは仕方がない。そのテントも、焚火の暖気が入るように入り口を開けて設置している。

「雪が無いから、全然寒くないですよ。平気、平気」

「…すみません」

詫びるレイルに、デミは馬の間で手を振る。キシも、泣きはらしたレイルの赤い目に気を遣ったのか、あまり見ないようにしていた。

そして寝袋に潜り込み、すっかり寝静まった深夜に、珠狼はふと目を覚ました。隣で震える気配がする。

寒いのか、それとも発熱をしたのか…と心配になって起き上がり、寝袋に埋もれたレイルの様子を窺った。すると、胎児のように横向きで目を閉じたレイルが震えている。長い睫毛には涙がきらきらと光っていた。

——……レイル。

声を掛けようか迷い、珠狼はレイルが眠ったままだということに気付いた。

夢の中で震えているのだ。

「……」

焚火の明かりに浮かび上がるなめらかな頬、まるで女性のようにやわらかな面差し。おっとりした雰囲気は変わらないのに、夢の中でも沈黙を守ろうとしているのか、ぎゅっと縮こまり、唇を嚙《か》み締めている。

珠狼はそれを黙って見つめた。

レイルには、何の理由があるというのだろう。

——ひとりで、これからどうするつもりだ…。

荷物ひとつなく、矢傷を負い、帰る場所もおそらくない。

名目だけな気がするが、もし戻ると言っている場所が国境側の山だとすると、ここから国を横断する距離だ。

珠狼は思わず銀色のやわらかな髪を撫でた。子供の頃を思い出したのだ。

早くに亡くなった母とはそう多くの思い出を持たない。だが、凜《りん》として聡明だった母は、夢にうなされて泣いた珠狼に〝よい夢に変えるおまじない〟を教えてくれた。

《さあ、これでもうこわい夢は見ません…》

たわいない記憶だ。けれど、珠狼はレイルを見つめ、遠い昔に教わった呪文を唱えた。

レイルの夢が穏やかに変わるように…と心の中で祈りながら、珠狼は骨太の手でレイルの頭を撫でる。

ふと震えが止まり、レイルが瞼を開いた。

「…」

「……」

薄闇の中で見つめ合い、珠狼が低く声をかける。

「…よい夢を見る呪《まじな》いだ」

効果は確かだ、子供の頃何度も試した…そう言うと、レイルがひっそりと笑みを返した。

「食べきれないほどの肉が皿に載っていたり、勉強の時間が突然休みになったりするんだ」

「…たのしい夢ですね」

「ああ、都合よくいい夢になる」

だから、安心して眠っていい…。髪を梳《す》くように撫でながら言い聞かせると、レイルは強張った身体をほどき、細く息を吐いた。

レイルの目が何か言いたそうだ。珠狼は黙って待ったが、躊躇った唇は迷うように薄く開き、やがてまた力なく閉じてしまった。踏み出したくて踏み出せないようなレイルに、珠狼は何も追及しなかった。

「おやすみ…」

微笑みかけると、レイルは静かに目を閉じる。

「おやすみなさい…。ありがとう……ございます」

夢先案内人のように、珠狼の指を握りしめている。

いつしか、レイルの寝息が静かに深くなっていた。

◇◇◇

翌日、森を抜けると目の前には再び丘陵が現れたが、今度は登らずにふもとの道を選んだ。

馬上でキシが淡々と言う。

「このまま進むには、装備が足りませんので…」

人目に触れることは危険が増すが、ひとり分増えた食料や備品を調達するためには、村か町へ行かなければならない。

続く山並みのふもとは平野へと続き、山裾の森が切れると畑や人家が見えた。のどかな集落は藁葺《わらぶ》きの屋根で、泥で固めて漆喰《しっくい》塗《ぬ》りをした素朴な家々が点在し、ぬかるんだ泥道の両脇には、もう新緑が顔を出していた。

「この村で、寝袋の調達までは無理でしょう。もう少し大きな集落まで行ってみます。珠狼さまはここでお待ちください」

大勢で行くと目立つと、さりげなくレイルに目をやって言う。珠狼はそっと目を伏せたレイルの胴をなだめるように抱き寄せた。

珠狼が決めたことだから表立って非難はしないが、キシが本当はレイルの同行に賛成していないのだろうとは感じていた。身元のわからない相手を警戒するのは仕方がない。けれど、レイルを委縮させたくなかった。

気まずい空気を気遣うように、デミが明るい声で手を挙げる。

「調達は僕が行ってきますよ。キシだって、村の人から見たら警戒されると思うよ」

余所者が怪しまれるのは皆同じ…とデミは片目を瞑ってレイルにエールを送る。珠狼は感謝しながらその提案に乗った。

「ではデミ、頼む。我々はもう少し進んで村を越えた森に入っておこう」

「はい！」

村と村の間は開墾しない限りほとんどが森だ。珠狼たちはデミを見送り、さらにひとつ先の森へと進んだ。

森には小さな精霊の息吹が聴こえる。珠狼は心の中で祈りの詞《ことば》を唱えた。馬を進めると、やがて小川のせせらぎが聴こえてきて、その両脇だけ木々が途切れていた。

「ここにしよう」

馬を降りると、キシは珠狼の馬を受け取って手綱を川にせり出した木の枝に繋ぐ。

「では、私は今のうちに薪を集めておきます」

そう言うと森に向かってしまった。

「あ…」

「いい、私たちはここで待とう」

手伝いに行こうとするレイルを引き留め、珠狼は小川のほとりに誘う。足を怪我しているレイルを、歩かせるわけにはいかない。

「…でも」

申し訳なさそうな顔をするレイルのために、珠狼はわざとのんびり寝転んで、腕を枕に空を見上げる。

「キシならひとりで大丈夫だ。それに、誰かが馬番をしなければならないだろう？」

「…」

馬たちは川の水を飲み、顔を上げてぶるる…と鬣を揺すっている。

丘陵をひとつ越えるたびに気候は暖かくなり、うららかな春の陽射しを受けた川面はきらきらと輝いていた。

レイルはまだ心配そうにしていたが、珠狼は昼寝を装って目を閉じ、知らぬふりをした。

地面は朝霧の名残で湿っていて、土の強い匂いがする。枯れ葉の隙間から春の草花が芽吹いていて、濃い緑色の葉がそこかしこに影を作っていた。

特に、木々が陽射しを遮らない小川の淵《ふち》は、川の流れを彩るように勢いよく草花が伸び、水面に葉先を垂らしている。

木々の上では鳥の鳴く声がこだまし、石を洗って流れる川の水は、ちゃぷちゃぷと心地よい音を立てた。

「……」

しばらく経って、薄目で様子を窺うと、レイルは地面を覆うように生えた、青い可憐なオオイヌノフグリを見ていた。

いつも見る、どこか不安を隠した笑顔ではない。緊張を解き、小さな生命を愛《いと》おしく見つめる微笑みに、珠狼は思わず目を開けて話しかけた。

「…春だな」

「ええ、そうですね…」

ちょん、と白い指先で朝露の残る花に触れる。弾《はじ》けるように粒状の精霊が陽射しにきらめいて飛び出し、ふたりともクスリと笑った。


珠狼は起き上がりながら腕や背中に着いた枯れ葉を払う。

こんな風に穏やかな表情が見られるのが嬉しかった。打ち明けてもらえない悩みがあるのだとしても、レイルが幸せそうな顔をすると、ホッとする。

「足を洗っておこうか」

まだ包帯を解くには早いかもしれないと思ったが、川のように清潔な水がいつでもあるとは限らない。

「傷が塞がるまでは、きつく巻いておくほうがいいんだが、化膿することもあるからな」

「…はい」

素直に頷くレイルの足を取り、靴を脱がせた。布を外すと、真っ白な足首が現れる。矢傷でめくれた場所は痕になってピンク色の筋を作っていたが、もう塞がっていてかさぶたにもなっていない。

――傷の治りが早すぎないか？

珠狼は訝《いぶか》しんだが、顔には出さずにそっと足を持って川水に浸す。

「冷たくないか？」

レイルはふわふわの銀髪を揺らす。

「いいえ…大丈夫です」

ちゃぷん、と雪解け水は心地よい音を立ててレイルの足を濯《すす》いだ。珠狼がまた布を巻き直している間も、ふたりに言葉は無く、鳥の鳴く声が空に遠く響いていくだけだ。

——……。

穏やかな沈黙が流れる。静かで心地よくて、なんだか、ずっとこのままこうしていたい気分だ。

「あ…」

レイルがふいに上半身を捩って、珠狼の背後に手を伸ばした。なんだ？　と振り向くと、レイルは寝転がるようにして珠狼の後ろに生えていた小さな芽を摘んでいる。

「フキノトウです」

ほら、とレイルがにこっと笑って差し出してきた。珠狼はつられるように笑う。

「美味《うま》そうだな…」

色気のない答えを口にしてしまったが、レイルは嬉しそうだ。

「じゃあ、もっと探してみましょう」

皆さんが帰ってくるまでに摘んでおいたら、夕食の鍋に入れられますね…と空色の瞳を和ませる。レイルはふんわりと笑いながら、食べられる草を探し始めた。

「ヤブカンゾウもある」

「どれだ？」

レイルの澄んだ声は耳に甘く響く。レイルはまだ枯れ葉に隠れてわずかしか見えない若芽を見つけては名を言い当てた。

「これはクレソンで、そっちはカタクリです」

「ほう…」

「ハコべも生えてる」

草花を目にして、楽しそうな様子なのが嬉しい。珠狼もレイルが喜ぶ顔見たさに、野草採りに付き合った。

レイルは子供のように無防備だ。

靴を履くのを忘れたまま、ごろごろ寝転がりながら草へ手を伸ばす。珠狼は、ひらひらと伸ばされた指の先にある草を代わりに採ってやる。

「これか？」

「はい、セリです。あ、その外側の葉だけとってください」

レイルはなにげなくやっているが、草の全ては摘まず、双葉を残しておく。新芽が残っていれば、草は数日でまた生えるだろう。珠狼はその慣れた様子に感心した。

「これはしもやけにも効くので、食べないでとっておきましょう」

「詳しいんだな」

「はい。村のお医者さまに薬草を納める仕事をしていたので…」

——やはりそうか…。

レイルは陰のある表情をしたが、隠さずに答えた。

「…苔藻《こも》の出身です」

「ああ…」

最北端の辺境部族だ。都よりさらに山脈に近い沿岸部で、夏は湿地となり、冬になると全てが凍りつく場所だった。

「では、行こうとしているのは北側の国境か…」

自分たちの目的地とは正反対だ。しかし、レイルは目を伏せて首を振った。

「いえ…」

「…」

ではどこへ、という問いを珠狼は飲み込む。問い詰めないと約束したのだ。珠狼は話題を逸らすように手にしたフキノトウを見つめた。

「……腹が減ったな」

レイルは真顔でそれは大変…ときょろきょろと周囲を見回して何かを探している。

「ちょっと待っててくださいね…」

「……？」

レイルは片方裸足のまま、木の根元に膝で這《は》っていく。

「おい、靴を…」

「うーん、たぶん、この辺？」

――何を…？

レイルは思案し、木の根元にある枯れ葉を搔き出し始めた。手伝おうとすると真剣な顔で指示される。

「そーっとです。そーっと…」

「わかった」

レイルに言われた通りにすると、少し土を被った場所は洞《うろ》になっていて、リスの巣だった。

「よかった…留守みたいです」

リスは冬眠から覚め、どこかへ出かけているようだ。レイルはにこっと笑った。

「リスは冬眠用にたくさんクルミを溜《た》めておくんです」

食べきらずに残しているものもあるはずだから、失敬しましょう、と殻《から》だらけのクルミの山から、ふたつほど手付かずのものを取り出した。

「はい、どうぞ」

「あ、ああ…」

にこにことクルミを差し出される。

「…？　クルミは、お嫌ですか？」

「あ、いや…そんなことはない」

珠狼は慌てて剣の柄でクルミを割った。それほど空腹ではないのだが、レイルに見つめられているので口に放り込む。

お口に合うかどうか…と案じているレイルに、珠狼はいつになく大げさに言葉にした。

「美味い…」

「よかった……」

にこっと笑い、他にも巣があるかもしれないから
…とまた膝で進もうとするレイルを慌てて止める。

「いや、もう大丈夫だ」

「でも…それだけではお腹いっぱいにはならないでしょう?」

「いや、いい…大丈夫だ。それより靴を履いてくれ」

「あ…」

すっかり忘れていたのだろう、レイルは恥ずかしそうに顔を赤らめて靴を履いた。珠狼はクルミの殻を持ったまま、その紅潮する頬を見つめてしまった。

――何だ……?

「…」

笑顔が残像のように脳裏にちらつく。染まったばら色の頬に、トクトクと心臓が騒いだ。

――何を、馬鹿なことを…。

突然襲ってきたざわめきに、珠狼自身が戸惑う。

「珠狼さん…?」

「何でもない…」

珠狼は、小首を傾げて顔を覗き込むレイルから逃げるように、川面へ視線を向けた。

水はちゃぷんと波打ちながら流れている。レイルは視界の端で少し心配そうに珠狼を見ていた。

――これから戦に向かうというときに。

甘い感情に捕われるなど…と己を戒めたが、心の中はまだざわざわと落ち着かない。珠狼は眉間に強く力を込め、無理に微笑みを作った。

「考え事をしていたんだ…」

「…そうですか」

レイルが少ししゅんとした顔をする。珠狼は取り繕うようにレイルの頭を撫でたが、その頭を引き寄せそうになる自分を、抑えなければならなかった。

「…悪かったな」

「いえ…」

互いに気遣うように黙り、小川のせせらぎが沈黙の代わりに響いた。

――……。

珠狼は心の底に生まれた疼《うず》きを抑えながら、それを見ていた。


その晩は、誰もが沈黙気味だった。

珠狼は自分の気持ちを表に出すまいと食事に集中し、レイルはそんな様子を見ながら、少し表情を曇らせている。元から口数がないキシだけでなく、デミまでもが黙ったまま焚火を囲み、黙々と野草入りの肉汁を掻き込んでいた。

「……」

ひとり増えた分の寝袋も、テント用の布も仕入れている。今夜は馬の間で暖を取って眠る必要もなく、珠狼とレイル、デミとキシでそれぞれ眠った。

焚火は炭化した薪がくすぶってほんのり温かく、満月に照らされた森はフクロウの声がホー、と静かに響く。珠狼はテントに入って早々に目を瞑ったが、夜半を過ぎても寝付けなかった。

「……」

目を閉じると、昼間のレイルの姿が甦《よみがえ》る。

陽光の中で頬を染めて見つめる瞳。草花を手に微《わ》笑《ら》う顔…。

――苦しそうな顔を見ていたから…。

だから、余計レイルの微笑みが心に焼き付いてしまったのだ…けれどそう結論付けるそばから、違うと心の奥のほうが主張する。

珠狼はテントの奥の暗闇を凝視した。

確かに、貴族社会の恋愛は同性も異性も問わない。むしろ、同性の恋人は高尚な嗜《たしな》みだと思われている部分もあるくらいだ。

――だが、今は個人の感情に浸れるような状況ではない。

まして、レイル自身も他人には言えない事情を抱えている。思い返しては心を疼かせる記憶に眉を顰め、寝袋の中で寝返りを打つと、隣の寝袋もそれに沿って反対側へと動いた。

――レイルも起きているのか…？

なんとなく、テントの中に微妙な緊張が漂った。レイルは黙っている。明らかに目を覚ましていて、こちらの気配を意識してじっとしているのがわかった。

珠狼も振り向けなかった。互いに起きているのがわかっているのに、声を掛けられない。

――………。

珠狼は眉間の皺をさらに深くして、寝袋から出て起き上がった。このままここにいたら、眠れないまま朝になってしまう。

「……」

無言でテントを出る。馬はピクリと耳を動かしたが、背を向けて小川のほうへ向かった。

膨らんだ月は明かりが要らないほど煌々《こうこう》と森を照らしている。濃い緑の若草が月夜に輝き、雪解け水は昼夜を分かたず心地よくせせらいでいた。

珠狼は川べりでブーツと上着を脱ぎ、下穿きだけで川に入った。水深は膝までしかないが、川に入って顔を洗うのと同時に頭を突っ込む。文字通り、頭を冷やしたかったのだ。

波打つ水面に、青く揺らぎながら月が映っている。珠狼は水の冷たささえ忘れた。

――冷静になれ。

「……」

人の気配に気付いて顔を上げると、月下にレイルの髪がきらきらと反射している。

――レイル…。

珠狼の濡れた黒髪から、鍛え上げた胸元や引き締まった腰にぽたぽたと滴がしたたる。レイルは半身を晒した珠狼を見つめたまま、大きな瞳をさらに大きく見開いていた。

「……あ、ご……ごめんなさい」

月下にも、レイルの頬が赤く染まっていくのがわかる。肌を晒すことなど、普段はなんともないのに、レイルの恥じらう様子につられて意識してしまい、珠狼も心臓が妙に騒がしくなる。

「…いや…」

言葉が続かず、珠狼もレイルも、互いにその場を動けないまま見つめ合った。

「……」

「……」

どう言えばいいのだろう。

レイルの表情ひとつひとつに、自分の心が揺れた。そんな感情は持つべきではないと、頭ではわかっていても目が離せない。

――だが私には、軍を預かる責任がある…。

越えてはならない距離を示すように、川が横たわっている。ふたりはその場から動かなかった。

――…。

己の本当の身分も目的も、レイルに明かすわけにはいかないのだ。珠狼は、眉間に苦悩を刻んで目を逸らした。

「……そこに、服があるんだ」

「ご、ご、ごめんなさい。向こうに行きますね」

しどろもどろになってレイルがテントのほうに戻っていく。珠狼は敢えてその後ろ姿を見ないようにした。

戦時下なのだ…そう自分に言い聞かせ、川べりに上がって上着に手を伸ばした瞬間、木立の奥で、レイルが息を飲む緊迫した声がした。

とっさに剣を掴んで声のしたほうへ走る。そこには青い幻影のような人間が、レイルを取り巻いていた。

「……！」

「レイル！」

立ち竦《すく》んでいたレイルが、弾かれたように身を翻して横に逃げる。珠狼の声に、テントからキシとデミが飛び出してきた。

――これは…。

まるで幽霊がずらりと並んでいるようだった。青い人影は半透明で、向こう側の木々が見える。だがそれは無数の塀や柵のように、どこまでもザザッと横に増えて伸び、逃げるレイルを取り囲んだ。

――人ではない…。

レイルは片足を引き摺りながらも、懸命に駆けている。しかし取り囲む青い霊たちは円を描くようにレイルの周囲を巡り、完全に逃げ道を塞ぐと椀をかぶせるように上に伸びた。

見上げて硬直するレイルを、とっさに腕に抱える。

「レイル！」

珠狼は小脇にレイルを抱えながら走った。青い奇妙な影を剣で斬ると、それは魔女の吐息を斬ったときと同じように、悲鳴とも風鳴りともつかぬ音を立ててふたつに分かれて霧散していく。

――精霊か？

追ってくる青い霊たちを薙ぎ払いながらテントまで戻ろうとしたが、その合間にヒュン、と矢が飛んできた。こちらは精霊ではなく本物の弓矢だ。

雨のように次々と射かけられる矢を避けようと、レイルごと身を屈める。同時にキシたちが応戦したらしい、矢が来る方向でぐあっというくぐもった声が上がり、馬が嘶《いなな》く。

「ご無事ですかっ！」

デミが叫びながら走ってくる。珠狼は樹木を盾にレイルを隠し、襲ってくる青い霊を斬り払いながら返答した。

「大丈夫だ！」

そっちは、と聞く前に、デミは怯えたように剣を両手で持って精霊を見つめていた。

「デミ！」

「あ、う、うわ……あ」

応戦しようと構えたものの、デミは恐怖に呑《の》まれて固まってしまい、珠狼は竦んでいるデミも胴をひっ摑むようにして木の陰へと保護した。

「動くな、ここにいろ」

返事を待たずに襲い掛かってくる青い精霊に剣を向ける。

矢を射かけてきた連中はキシひとりで始末を付けているようだ。相手の悲鳴が断続的に聞こえ、矢の精度が乱れ、矢数が減るのと同時に、退却していく蹄の音が聞こえた。


同時にピーッと呼び笛のようなものが鳴り、それに操られるように青い精霊たちが攻撃をやめ、空へ伸び上がっていく。

――一体何だ？

見上げると、空には鯨《くじら》のような大きな精霊が泳いでいて、鉄色をした鯨の腹に、青い精霊たちが張り付いていく。成り行きを見守っていると、巨軀《きょく》をうねらせ、遊泳するように精霊が去っていった。

キシが走り寄ってくる。

「珠狼さま…ご無事ですか」

「ああ、大丈夫だ。そちらは怪我はないか」

「大丈夫です」

キシは平静だ。剣を握ったままガタガタ震えているデミの肩をぽんと叩き、剣を鞘に納めさせる。珠狼も木の根元に避難させたレイルの手を取って立ち上がらせた。

「怪我は？」

レイルが首を振る。キシが周囲に視線を配りながら報告した。

「賊は五人でした。いずれも隊商風の装いでしたが、肌が褐色で…」

思わずキシを見ると、すっとした一重の目が厳しい色を帯びる。

「…焔弓の者ではないかと」

――どういうことだ…。

何故珠狼たちを襲ってきたのか。しかも焔弓軍が…。繋がりが見つからずに沈黙していると、レイルが声を硬くして口を開いた。

「…彼らは、〝精霊使い狩り〟をしているんです」

「…え?」

レイルの銀の髪と白い肌が、月の光に照らされて浮かび上がる。レイルは眉根を寄せながら、青白い顔で告白した。

「彼らの狙いは僕です」

「ど、どうして?」

デミが驚いて聞く。レイルは口ごもったが、今度は隠さずに教えてくれた。

「……僕は、苔藻で暮らしていました。けれど、しばらく前に商人たちがやってきて」

苔藻は基本的に自給自足の部族だ。夏のうちは森で獲れるものを、秋から冬の間は河口に上がってくる魚を獲って保存する。わざわざ苔藻まで出向いて行くのは商人と徴税の役人くらいで、隊商は腸詰や干し魚、トナカイの皮などを仕入れ、苔藻はそれでわずかな現金収入を得る。だがそのとき訪れた商人たちは、弦月の人間ではなかったとレイルは言った。

「薬草が欲しいからと、やけに精霊使いのことを色色聞いてきて…」

苔藻の人々は警戒してレイルのことを話さなかった。告白するレイルが、震える両手を握りしめて俯く。

「…そうしたら、彼らは村の人たちを殺して……」

「…！」

珠狼もデミたちも言葉がなかった。レイルは罪を負ったように両手で顔を覆った。

「…僕を庇って」

「もういい…」

珠狼は、自分を責めるレイルの肩を抱えて懺悔《ざんげ》を遮った。苔藻の人々は、レイルを手渡して自分たちの安全を図ることをしなかった。けれど、それで犠牲が出たことは、決してレイルのせいではない。

嗚咽が小さく森に吸い込まれていく。レイルを少なからず警戒していたキシも、眉を顰めて沈黙している。

珠狼はレイルの罪悪感を削がせようとした。

「一番の元凶は、さっき襲ってきた連中だろう。そもそも、彼らが精霊使い狩りをしなければ、お前は襲われなくて済んだのだから」

「……」

「何故、彼らは精霊使いを狙ったのですか？」

木の根元に置いてあった上着を拾ってから、キシが尋ねる。珠狼が手渡された上着を羽織り直すと、レイルが素直に答えた。

「…戦に、使うのだと言っていました」

「戦？」

「はい。さっきのようなことだと思います」

あの青い精霊も、空に浮かんだ巨大な精霊も、みな精霊使いが操っていたのか…。珠狼が問うと、レイルが頷く。

「他は騎士のようですが、隊商の恰好《かっこう》をした中に、ひとり精霊使いがいました。彼は、もっと大きな精霊の軍隊を作るために、精霊使いが必要なのだと言っていました」

「……精霊の軍隊」

珠狼は呟きながら、先ほどの連中が呼び笛で精霊を支配していたのを思い返す。

精霊を使わずに呪《まじな》いを行う者が呪術師、精霊の力を借りるか支配するかして使うのが本来の〝精霊使い〟だ。

古来の精霊使いは精霊を従え、大いなる力を持って戦った。伝記には精霊族と人間たちとの、島を賭《か》けた戦の詩もある。

――まさか、古代の戦を甦らせようとしているのか？

確かに、精霊を使役《しえき》して戦わせれば、並の兵ではとても太刀打ちできないだろう。珠狼は、それを焔弓が画策していること、そして精霊使いを狩るために、国内に侵入していることに驚いた。

「…対精霊戦になるということか」

「可能性はありますね」

キシが焔弓軍の事情を分析する。

「敵は戦慣れしていますが、唯一の弱点は遠征経験がないことです」

小競り合いはいつも山脈周辺だ。焔弓軍は、機動力の高い馬上戦での奇襲を得意とするが、本格的に弦月の首都まで攻め上ってきたことはない。山を越えて、補給線を確保しながら進軍するのが大変なのは、弦月も焔弓も同じだった。

「空を翔《かけ》ることができる精霊の軍を使えるのなら、隊の補給は少なくて済むでしょう」

まるで夢物語のようだが、太古の精霊使いのような強い力を持つ者がいて、それで戦をしようとしているのかもしれない。

いずれにしても、大公と良琉那に報告しなければならない内容だった。ことによっては、作戦そのものを変えなければならなくなる。珠狼は気息《きそく》を整えてから指示した。

「とりあえず、テントに戻ろう。デミ、伝令鳥を用意してくれ。兄上に状況を知らせなければならない」

「はい」

デミは弾かれたように野営地に走っていった。いつ、どんなときでも連絡が取れるように、馬の荷には鳥がちょうど一羽入る筒状の籠が取り付けられている。

キシは火を起こし直してから、落ちた矢羽根を拾いに行き、わかる限りの情報を読み取ろうとし、珠狼は急いで良琉那に事情を記した文書をしたためた。

書き終えるのを待ち構えるように、デミが傍らに控えている。

「珠狼さま…僕が飛ばしてきます」

「ああ、頼む」

携帯用の伝令鳥は、小型だが隼《はやぶさ》の亜種で、昼夜を分かたずに飛ぶことができる。デミは受け取ると森が切れる所まで両手で鳥を抱えて走っていった。

「レイル…」

不安そうに見送っているレイルに声を掛ける。それぞれが役割を果たしている間も、レイルはじっと考え込んでいた。

「本当はどこかで馬を調達して、自由に旅をさせてやるつもりだったが、事情が事情だ。悪いがしばらく私たちに同行してくれ」

「珠狼さん…」

不謹慎だと思ったが、レイルを連れていく名目ができたことに、心のどこかでホッとしていた。

狙われているレイルを、ひとりになどできない。

「精霊使い狩りをちゃんと見た者は、お前しかいない。それに、あの連中はまた狙ってくるだろう。彼らに手渡すわけにはいかない」

「…でも」

危ない目にあわせてしまう…とレイルは眉根を寄せる。珠狼はその肩に手をやった。

「傭兵は、仕事自体が危険なんだ。気にすることはない」

「……」

気付くと、中天にあった月はだいぶ傾いている。

珠狼はデミが戻ってくるのを待ってふたりをねぎらった。

「ご苦労だった。とりあえずひと眠りしてくれ。この後は、少し行程を早める」

暗殺の心配より、今後の王宮からの指示のほうが大事だ。今は、本体に合流し直すことを優先する。

デミもキシも指示通り、体力をもたせるためにすぐ仮眠に戻った。珠狼も、まだ思い悩んでいる様子のレイルを、テントに促す。

「走る距離も速度も上がるから、馬に乗っているだけでも体力を消耗する。少しでも休んでおいたほうがいい」

「…はい」

銀の月は低く光を投げかけ、森は木々の枝がくっきりと影を落としていた。小さな精霊の気配は消え、森は襲来が嘘のように静まり返り、時おりカサッと小動物が移動する足音が聞こえる。

珠狼は黙って目を閉じた。

◇◇◇

明け方のテントで、レイルが物音も立てずに起き上がり、じっと珠狼を見下ろしている。珠狼は眠ったふりをしていた。

涙を溜めた眼で、レイルは深々と頭を下げ、そっと出て行こうとする。珠狼はその瞬間に、背中側からレイルの手首を掴んだ。

「どこへ行く気だ…」

「珠狼さん……」

テントの入り口が少しめくれ、振り向いたレイルの向こうに、明けようとしている薄藍《うすあい》の空が見える。

珠狼は起き上がってレイルと向き合った。

腕を摑まれたままうなだれるレイルに声を低く抑えて問いかける。

「……本当は、行く場所なんて最初からなかったんじゃないのか？」

レイルの肩がビクリと揺れた。

苔藻から逃げてきたのなら、戻るはずがない。曖昧な答えもはっきりしない行動も、全て行くあてがなかったからではないかと珠狼には思えた。

「…このままひとりで逃げ続けて、どうするつもりだ」

「…」

俯いたまま、泣きそうな顔をしているレイルを、珠狼は静かに抱き寄せる。

「私が守る」

薄い肩が揺れた。

「駄目です……これ以上ご迷惑をかけるわけには…」

「迷惑などではない」

レイルは手で珠狼の胸を押し返すように離れようとする。顔を歪ませ、涙が眦《まなじり》から零《こぼ》れそうだ。

「彼らは、きっとまた襲ってきます。今度はもっと大群で来るかもしれない…」

保護を申し出てもなおひとりで出て行こうとするレイルに、珠狼はなんとなく、彼は死ぬ場所を探していたのではないかと思えた。

思い詰めた声が小さく呟く。

「……僕がいる限り、誰かが傷つく」

「だから、あんな場所にいたのか？」

「珠狼さん…」

珠狼は腕の中にレイルを抱えたまま離さず、静かに尋ねた。最初から気になっていたことだ。

「着の身着のままで、荷物も持たず、人里から離れた場所にいること自体がおかしかった…」

レイルは否定しなかった。

襲ってきた連中に捕まれば、戦の道具に使われて誰かを傷つける。だが、レイルにしてみれば弦月軍も同じぐらい警戒する相手なのだ。

もし、弦月軍も焔弓と同じことを考えていたら…。実際にはあり得ないが、弦月軍の内情を知らないレイルからすれば、どちらも同じに思えるだろう。

どこにも居られない。誰かに匿《かくま》われても、庇った者が代わりに傷つき、捕まれば自分が誰かを傷つける道具になる。

いっそ、自分の身を処してしまえば…そんなレイルの気持ちが痛いほどに伝わってきて、思わず珠狼は抱きしめる腕を強めた。

「死ぬな…」

「珠狼、さん………」

自分さえいなかったら、争いは起きないのではないか…それは、自分も子供の頃に思ったことがある。

「色々事情があってな。本当は、私は南の国境に追いやられたんだ」

幼い頃、宮廷では何度となく珠狼の世継ぎ擁立《ようりつ》が画策された。第三妃に反発する貴族たちが、良琉那を廃嫡《はいちゃく》し、勢力を転覆しようと図ったのだ。

琉倫を推す派閥も含め、宮廷では、何人もの〝事故〟死者が出た。その中には第一妃である母も含まれている。

無論、証拠はない。母は病で没したのだ。だが医師がその直後に急死し、珠狼を支持する貴族たちはこぞって第三妃の陰謀説を唱えた。けれど珠狼はそれ以上に、母が公位継承争いの犠牲になったことに、自責の念に駆られた。

自分さえいなかったら、母は死ななかったのではないか。母を死に追いやったのは、結局自分なのではないか…。

苦しさから、母の死の理由をどこかに求めたくて周囲の推測に同調し、良琉那母子に怒りを覚えたこともある。だが珠狼は最後に、母の遺《のこ》した言葉を心の真ん中に据えた。

《憎しみを受け継いではいけません…》

憎しみに駆られて行動しても、母が帰ってくるわけではない。自責しても、母の死が避けられたかどうかはわからない。自分のせいでも誰のせいでもなく、母が死んだことだけが『事実』だ。

珠狼は自分の気持ちに折り合いをつけ、兄と争わない道を選択した。だが良琉那も第三妃も、貴族の支持が多い珠狼を、病的なまでに敵対視し続けた。

――立太子を済ませているというのに…。

自分が生きている限り、兄にとっては心を脅かす存在なのだろう。大公の座に興味はないと表明してみせても、兄の心は安まらない。

その結果、珠狼は成人と同時に国境の保安を任じられ、宮廷から追われることとなった。

軍人として生きる覚悟はしたものの、さすがに赴任するときは、一生をこの山間の寂しい場所で終えるのかと、重い気持ちだったのを覚えている。

「だが、そこで、私はかけがえのない仲間を得ることができた」

キシや匡たちだけではない。城からついてきてくれたタンやデミ以外にも、国境を守る兵士たちは、身分を問わず珠狼を受け入れてくれた。

「どんな状況でも、必ずどこかに希望の芽がある…」

皆、心から慕ってくれている。珠狼にとっても、誰ひとり死なせたくない、大事な部下であり仲間だ。

「あの場所に行かなかったら、出会わなかった。生きていなかったら、人とは出会えないんだ」

接吻《くちづ》けられそうなほど近い距離で、レイルの水色の瞳に、きれいな涙が溢れていくのを見つめる。

珠狼はその頰を両手で包んだ。

「…精霊使いだから守りたいわけではない。本当は、何の理由もないんだ」

白く薄くなっていく月が、テントの隙間から見える。珠狼はレイルを抱きしめたまま引き寄せ、耳元で囁いた。

「好きだ…」

「！」

「…理由は、それだけだ」

「珠狼……さん……」

心のうちを、正直に告げた。

告白すると、レイルの身体が嗚咽で小刻みに震える。

「…レイル」

白い手が、ぎゅっと上着を握りしめた。

「…ほんとは………」

ぽろぽろと大粒の涙が頬を伝う。

「…誰かに、許してほしくて」

「レイル…」

「ずっと、迷惑ばかりかけるのに…それでも、僕は生きてて……」

あとは、言葉にならなかった。珠狼は抱きしめながら、懺悔のように顔を隠すレイルの頭を包んだ。

「生きてくれ。誰かを傷つけることもあるけれど、きっと、誰かを助けることもできるはずだ」

自分が、レイルを助けることができたように…。

小さな頭が、かすかに頷いたような気がする。

珠狼は、静かに泣くレイルをただ抱きしめていた。

空が明るさを増し、小鳥の声が遠くで聞こえた。


四人は手早くテントを畳み、まだ朝もやの残る中で荷造りをして出発した。馬は調達が間に合わなかったので、レイルは珠狼の前に乗せたままだ。

一行はふもとを離れて、街道沿いへと進路を変える。

「おそらく、増兵隊の進度はまだ雀憐《じゃくれん》の森より手前だろうと思います」

国を縦に貫く山脈群のふもとに、深く広大な森が広がっている。それが雀憐の森だ。

城に戻るときは、召喚の命令を守るために仕方なく突破したが、本来、ここは通り抜けしない森だった。

雀憐の森は豊富な雪解け水が流れ込む湖をいくつも抱えた広く深い森で、人の入らぬ場所には、まだ古い精霊たちが棲んでいるという。だから、国境線に戻るときも、彼らの領域を侵さないよう、遠回りではあるが森の横をなぞるように通って行くのだ。

先回りすれば、この森の辺りで合流できるはずだった。地図上で見る限り、平原を突っ切れば明日までに目的地へ行けるだろう。珠狼は馬の腹を蹴って先を急がせた。

草原は、枯草を押しのけるようにして新しい葉が芽吹いている。遥か遠くに山影があるはずだが、今はまだ見えなかった。


「…」

レイルは昨日と変わらず珠狼の前に座っている。だが、その横顔は少しだけ変化したような気がした。隠していた事情を話したことで、落ち着いたようにも見えたが、それより、珠狼を見るときの表情が変わった。

「足は大丈夫か？」

声を掛けるとレイルがぴくんと反応し、振り向いた笑みがぎこちない。

「はい、大丈夫です」

平気な顔をしているが、頬が赤くて、微妙に緊張気味だ。視線を絡ませるとそわそわと目を逸らし、前に向き直ってしまう。珠狼はその様子に内心で眉を顰めた。

告白は、まずかったかもしれない。

――だが、あのときは…。

伝えずにはいられなかった。

それでどうこうしたいわけではない。けれどレイルの様子は、どうみてもあの告白を意識している。

これは、嫌がられたのだろうか。それとも受け入れられたのだろうか。

「……」

――わからないな…。

しつこく尋ねるわけにもいかない。珠狼は心の中で溜息をつき、この件については触れないでおくしかないと結論を付けた。

レイルが嫌なら、あの告白はなかったことにしてくれるだろう。気持ちがあるなら、きっと答えは返ってくる。

珠狼は努めて何もなかったかのように冷静に振舞った。

朝もやは白く足元を霞《かす》ませ、しっとりと濃い緑の葉を濡らしていく。ひんやりした空気が頬を切り、やがて走り進むうちに黄色い太陽が辺りを照らした。

登る陽が大地を照らし、見る間に眩しい金色の朝焼けとなる。風が雲を取り払うように靄《もや》が晴れ、草原は見る間にからりと遠くまで見渡せるようになった。

青く抜けるような空に、強い風に押し流されて、白い雲がゆっくりと筋を残している。

やがて、すっかり太陽が真上にのぼった頃、遊牧の一群に出会った。

一行が走る右側に羊たちが見え、メエー…という声と首に付けられた鈴がガラガラ音を立てている。

「珠狼さま、少しお待ちください。行軍を見たかを確認してきます」

キシが牧羊犬を従えた少年のほうへ聞き込みに行っている間、レイルはわらわらと群れて移動する羊を、面白そうに見ている。

「羊は珍しいか？」

「はい。苔藻は寒いので、トナカイしかいません」

デミは興味深そうに聞いている。

「じゃあさ、ミルクやチーズはどうするの？」

「トナカイからもらうんですよ」

にこっとレイルが笑う。その後も、苔藻はどんな家の造りなのか、とか、主食はなんだとか色々尋ねる。それまでレイルが話したがらないために、デミも遠慮して聞かないでいた分、解禁になって興味津《しん》津《しん》なのだろう。代わりに都や国境での暮らしを話している。

「都はさ、行ったことある？」

「いえ、ないんです」

レイルも、隠さなくてよいのが気持ち的に楽なのだろう。前よりずっと話しやすそうだ。

キシが戻ってきた。

「どうやら、隊は通過しているようです」

「思ったより早いな」

「そうですね」

おそらく森の手前まで五日程度だろうと踏んでいた。だが、目撃情報では一日前にここを通っている。

「昨日なら、まだ間に合うだろう」

森より手前で合流するのが望ましい。伝令鳥は国境砦に返信してくれと、伝書に書き記してある。

「急ごう」

「はい！」

珠狼たちは再び街道を進み、雀憐の森を目指した。

◇◇◇

その晩は平原にテントを張った。

視界を遮るものはなく、危険は少ない。焚火を囲んでテントをふたつ並べ、間に馬を休ませる。

陽が落ちる直前まで進んで宿営地を決めると、レイルは積極的にテントの設置や馬の世話を手伝った。

「デミさん、これ、もうお湯がぐらぐらいってますけど、どうしましょう」

「あ、肉入れておいてください」

それぞれのテントに寝袋を入れているデミの代わりに、レイルが焚火にかけた鍋を担当する。

レイルが〝一緒に旅をする〟という姿勢になっているのが嬉しい。レイルは干し肉を鍋に入れながら、森で摘んでおいた香草を取り出し、機能優先の携帯食を美味しくしようとしている。珠狼はかいがいしく働くレイルをちらりと眺めて微笑んだ。

――……？

レイルがきょろきょろと後ろを見ている。なんだろうと観察していると、ふわりと蛍のように飛ぶ精霊を追いかけていた。

――あ、蜂路《ほうろ》か。

あれが留まる草花は精霊の恩恵を受けて、蜜はより甘く、葉はうま味が増し、根も滋養を蓄える。普通は蜜の多い花を好むのだが、この辺りはそうした大ぶりな花がないせいか、地面に這うように咲く小さな白い花の上でふわりと光っていた。

蜂路が飛び立つのを待って、花蜜をとっているレイルのところへ近づいていく。

「さすが、精霊使いだな」

おっとりして見えるが、やっぱり野草だけでなく精霊を視る力にも優れているのだなと思う。そのまま他の精霊を一緒に探そうかと思っていたら、デミが近寄って来た。

「すごい。レイルさん、やっぱりちゃんと精霊使いなんですね」

「いえ…あの、たいしたことないです」

本当に、草花のことしか知らなくて…とレイルは気恥ずかしそうに笑う。

「でも、あんな奴らが狙うくらいだから、本当はとってもすごい精霊使いなんじゃないですか？」

昨日のような、大きな精霊を扱えたりとか、誰も知らないような技が使えたりするのではないかと、デミは真剣に尋ねている。

　珠狼は、どう見てもそれは無理だろうと横目で見ながら笑った。自分の身も守れない精霊使いが、誰かを襲うなどできるわけがない。

　それに、レイルはこうやって草花や小さな精霊と戯《たわむ》れているほうが似合っていると思う。

　レイルは困ったように笑ってデミに答えた。

「いえ…あの、本当にただ薬草を扱っていただけで…」

「でも、薬草を摘むだけで暮らしていくなんて、できないでしょう？」

　小さく粟《あわ》のように咲く白い花を花弁ごと摘んで、焚火の前に戻る。レイルは焚火の端に水と花を入れた革袋を置いた。これは多少火に炙《あぶ》られても燃えない。程よく中の水が温まって、茶を飲むのにちょうどよい温度になるのだ。

　レイルはぐつぐつ煮える肉鍋の味見をしながら、デミの問いに答えた。

「…僕は母の染物の手伝いをしていたんです」

　病人のための薬草、日々の食事に使う香草や茶葉を摘む他、母子は草や木の皮を染料にして、染物を生業《なりわい》としていたらしい。

「糸を煮だしたり干したりして、いろんな色に染まるのが楽しかったです」

「へええ…」

　レイルはデミが問うままに花や葉で染めるやり方を話す。珠狼はその後ろで、ふたりのやり取りを聞いていた。

　――……。

　レイルがデミやキシたちと打ち解けていくのは、とても重要なことだ。仲よく話してくれるのはよいことだと思う。

　頭ではわかっているのだが、レイルがデミに笑いかけているのを見ると、少し心が引っ掛かる。

なんとなく、デミが急にレイルに接近しようとしている気がしてしまうのだ。自分がレイルとぎくしゃくしている分、つまらないことを気にしてしまう。

――馬鹿だな…。

珠狼は、子供じみた己の感情を封じ込めた。

「…殿下」

いつの間にか、隣にキシが来ていて低く耳打ちされる。キシはいつもの感情を見せない顔で、そのまま野営地から離れたほうへと誘う。

どこまでも続く平原には、風が吹き抜ける強い音がしている。濃紺の空には雲がなく、銀砂を撒《ま》いたような星がちりばめられていた。

少し離れると焚火の明かりだけがぽつんと明るくて、暗い平原にその一か所だけが浮かび上がる。

「殿下、耳に痛い話かと思いますが、お聞きください」

キシはわざわざ〝殿下〟と呼んで表情を引き締めている。デミとレイルが楽しそうに話す姿は、遠く離れてシルエットになった。

「レイル殿のことは、行きがかり上、助けるのはやむを得なかったとは思います」

キシは単刀直入に切り出した。珠狼も、おそらく彼のことを言われるのだろうと見当をつけていたので、黙っていた。

「結果的に、焔弓軍の作戦を知ることができたのですから、レイル殿を助けたことを無駄だとは思っていません。事情も、聞く限りでは同情します」

だが、とキシは淡々と説く。

「私は彼の話を全面的に信用することはできません」

「キシ…」

キシは感情を挟まなかった。

「精霊使いなら、他の部族にも居るはずです。何も、レイル殿だけを執拗に狙う必要はない」

矛盾点が多い、何かあるはず…という指摘に、珠狼は反発する。

「だとしても、レイルが命を狙われていて、危険なことに変わりはない」

「それを、我々が守る必要がどこにあるのです」

「キシ！」

「仮に、理由も質《ただ》さず連れていったとして、殿下は、レイル殿を戦わせることはできますか？」

どんなに優秀な精霊使いだったとしても、自軍で使えないのなら、ただの薬草摘みでしかないとキシは冷徹に言う。

珠狼は眉を顰めた。

「問題は、精霊使いかどうかではない。私はそもそも戦に精霊を使うこと自体、反対だ」

「殿下…」

「これは、我々人間の争いだ」

それに精霊を巻き込むのは、間違っている。

珠狼は、焚火を囲んでいるデミとレイルに目をやった。

やわらかなレイルの笑い声が小さく聞こえてくる。

「…私はレイルを愛している」

「殿下…」

頭で考えるより、ずっと素直に言葉になった。

愛情…それが偽らざる答えだ。

——精霊使いに…。

姫君でもなく、王宮のどんな女性でもなく、レイルを愛おしいと思ったのだ。珠狼は、本人にさえ打ち明けていない感情を吐露した。

「役に立つとか、立たないとかいう基準で連れていくわけではないんだ」

キシの指摘ももっともだ。けれど、レイルが話さないことをあれこれ詮索したくない。

「隠していることがあったとしても、レイルに邪《よこしま》な気持ちはないはずだ」

自分たちを陥れたり、悪だくみができるような気性ではない。

「それは、信じてやってほしい」

キシは黙った。そしてわずかに眉を顰めながら忠告してくる。

「…殿下がそうおっしゃるのなら、私は従いましょう。ですが、レイル殿に情をかけられることは、お勧めしません」

キシは、耳当たりのよい追従は言わない。珠狼もそれをわかっているから、彼の言葉にはいつも耳を傾けていた。

「殿下は、我々の希望です。私はご兄弟の誰よりも、次の大公に相応《ふさわ》しいお方だと思っています」

「キシ！」

「だからこそ、お仕えしているのです。大公になられる暁には、必ず妃を得、世継ぎを設けていただかねばなりません」

それは、レイル殿にも辛いことではありませんか、とキシは言う。キシの言葉に私情はなかった。黙っていると、キシはぺこりと頭を下げる。

「申し上げたいのはこれだけです」

戻りましょう、とキシは何事もなかったかのように野営地に戻った。

◇◇◇

翌日も、四人は平原を疾走していた。空は青く高く、心地よい風の中を走っているが、珠狼は物思いに沈みがちになる。

「…どうかしましたか？」

「…なんでもないんだ」

今度はレイルに気遣われてしまった。どうかしたのかと小首を傾げて振り返るレイルに微笑みかけるが、心の中ではキシの言葉が残っている。

レイルのことは、戦いに使うつもりは全くないし、キシは反対なのだろうが、レイルを愛おしいと思う気持ちは変わらない。

心を悩ませるのは、キシの想いだった。

《殿下は、我々の希望です》

その言葉はずしりと珠狼の心に落ちる。

辺境である国境警備に回される者の事情は様々だ。農村の口減らしで志願してくる兵士もいれば、望んで楽な役務だと門を叩く兵もいる。だが、部隊長クラスはたいてい左遷《させん》だった。能力的に劣るからではなく、その大半は上司に煙たがられたり、軍内での出世争いの中で弾かれたりした者たちだ。

良琉那母子が権勢をふるうようになってから、軍の実勢に即した提案はことごとく退けられるようになった。自軍の優勢を誇張した報告ばかりが取り上げられ、本当は負けて敗走してきた戦も、〝機敏に回避〟などと言い換えられ、大公に本当のことを知る機会を奪っている。

危機感を覚える軍人ほど、良琉那の体制を嫌がった。世継ぎの意図を汲んで立ち回る上官ばかりが出世し、楯《たて》突く者は閑職へ追いやられる。国境警備はそうした〝流れ者〟の吹き溜まりだったのだ。

そうした彼らが、自分に希望を見出す気持ちはよくわかる。大公家の一員として、そんな歪んだ宮廷にしてしまったことを申し訳ないとも思う。

――だが、私が大公位を簒奪《さんだつ》するわけにはいかない。

すでに世継ぎは決定しているのだ。長子相続なのだから、良琉那は正当な跡継ぎで、これを覆すことは規典に反する。珠狼は整えられた法を壊すことをしたくなかった。

一度ルールを破ってもよいという前例を作ってしまったら、規則や法典は意味をなさなくなってしまう。それは公位を、力ではなく法に基づいて継げるようにしてきた、先人たちの努力を無にしてしまうのだ。

大国・双龍の戦乱がいい例だ。王を殺して玉座に登った者は、やはり武力でその座を追われた。そうなったら、力でしか力を抑えられない。彼《か》の国はもう長いこと戦が続いている。

――――血で奪い合う玉座であってはならない。

だからこそ、良琉那母子のやり方に不安を持ちながらも従っている。

けれど、その一方でこの体制の未来を案じてもいた。

彼らは、寒冷化に打つ手がない大公に安易な手段を提案し、他国を侵略するなどという実現性の薄い策を命令する。できるかどうかをきちんと考えていないのだ。

――――ただ、父上が飛びつきそうな案を見せているだけだからな…。

今回のこともそうだ。面目を保つために水晶鉱山奪還を口にし、兵の損失がどれだけの痛手になるか考えていない。まして、これが瑶綸の言う通り自分たち二公子の暗殺目的だとしたら、珠狼たちが死んだ後、誰が国境を守るかを、どこまで真剣に考えているのか怪しかった。

彼らはただ、目の前の政敵を潰《つぶ》すことしか考えていない。自分たちの地位を盤石にして、大公の関心を引いていればいいのだと思っている。

――――だが、それで弦月はどうなる…。

誰かが代わりに指揮官になって、形だけは維持できるだろう。だが、わずかな兵で十分な指揮者もないまま焰弓軍に向かってこられたら、突破されるのは見えている。

鉱山を奪われ、焰弓はそれを足掛かりにじりじりと周辺の山を領地にしていくだろう。そして資源を奪われた弦月は、経済的に弱体化する。

キシたちが新しい治世を切望するのは理解できる。だが、その為政者が自分であってはならない。

――どうするべきか……。

現実から目を逸らすわけにはいかなかった。見た目は華やかだが、弦月宮廷は、もう抜き差しならない状況にきているのだ。

思い悩みながら馬を進めていると、遥か先の山なみがくっきりと姿を現し始め、そして遠くの地平線に黒い塊が確認できた。街道を直進してきた軍だ。

キシが馬を寄せてきた。

「追いつきましたね」

「ああ…」

走りながら目視で確認する。だが、キシも珠狼もそのまましばらく目を眇めて前方を睨《にら》んでいた。

――何かがおかしい…。

キシも違和感の正体を突き止めようと、鋭い眼光で地平線を見つめていた。


やがて、ぽつりと言う。

「……動いていない」

緊迫した声に、レイルが不安そうに前方を見る。デミも反対側に寄ってきて表情を曇らせた。

「…ヘン、ですよね。確かに」

「ああ…」

黒い塊は動いていない。まだ日が高く、昼食時間でもなかった。

――それに、何か集まり方が変だ。

丸く、まるで蟻《あり》が砂糖に群がるかのような様相に、珠狼は嫌な予感で背中がざわりとした。

「少し距離を取って近づけ」

手綱を引きながら命じると、は、と短い返事が聞こえる。三人は増兵軍に平走する位置を取り始めた。スピードを上げ、馬は轟きを響かせて大地を蹴る。

――匡、タン…無事でいてくれ。

疾風のごとく走りながら、心の中で祈る。みるみる軍との距離が縮まり、やがて珠狼たちは何が起こっているかを察することができた。

先頭の、匡とタンが守っている馬車を取り囲んで襲っているのだ。

「…！」

ぶわっと全身が総毛立った。馬車を中心に円のように兵が群がり、中心部では剣が打ち合う金属音が高く響いていたが、後方の兵はただそれを取り囲んで見守っているだけだ。

馬車は、前後左右、あらゆる場所からよじ登られ、黒い蟻が密集しているように見える。

――匡！　タン！

ふたりはそれぞれ両脇の扉を守っているに違いない。五百対二だ。珠狼は全身から殺気を上げて駆けた。

伴走するデミのほうを振り向く。

「デミ、レイルを連れて隊から離れろ」

「珠狼さま！」

「私とキシで行く、レイルを頼む」

「珠狼さん！」

走りながら、レイルを片腕に抱え、デミのほうへ預けた。レイルは、状況をわかってくれたのだろう、戸惑いながらも落ちないようにデミの馬へと飛び渡ってくれる。

デミが目を見開いて叫ぶ。

「突入する気ですか！　危険です！」

「匡とタンがいる！」

彼らを助けなければ…、レイルの安全を確保してキシを見ると、キシは難しい顔をしていた。

「勝算はほとんどありません。死ににいくようなものです」

「…そんなつもりはない」

「殿下！」

数の差がありすぎる。冷静に判断すればキシの見解が正しいだろう。助けに行くつもりで死者を増やすのは兵法として愚策だ。

だが、珠狼は強い笑みを浮かべた。

「私が囮《おとり》になる。狙いは私だ、名乗れば密集陣形は崩れるだろう。その隙に匪たちを逃がしてくれ」

「殿下はどうされるのです」

「森で逃げ切る…」

森はもう姿が見えている。平原なら速さと持久力勝負で逃げるしかないが、木々に囲まれれば、数の少なさは有利に働く。

「……」

キシは同意しかねている。珠狼は返事を待たず手綱を引き、向きを変えて軍の群れへと突進した。

剣を抜き、陽光に閃かせて叫ぶ。

「弦月公子、珠狼はここだ！」

円の一番外側で、ただ見守るだけだった兵たちが振り向いた。ざわっと隊の端が崩れ始め、追うべきかどうか迷っている。珠狼は端の兵士たちにギリギリまで近づいて走り抜け、叫びながら注意を引いた。

「私の首を捕りたいのなら、やってみろ！」

第三公妃の私兵たちだ。うっすら公子の顔を知っている者もいるだろうが、本物かどうか迷っているのだろう。だが、予想通り外側の陣形はぽろぽろと砂が崩れるように零れ始め、珠狼はそれを率いて草原側へと走った。

「馬車は虚《から》だ。手柄が欲しくば、かかってこい！」

ひとりがわあっと声を上げて駆けだす。あとは雪崩を打つように兵たちが珠狼を追った。中心部の戦況にはどうやっても関われない。だが、もしかしたら自分にも功績を上げるチャンスがあるかもしれないと踏んだのだろう。

我も我もと徒歩の兵が走り出して、騎馬兵がそれを蹴り散らすようにして突き進んでくる。珠狼は追っ手を見ながら速度を上げた。

――キシ、デミ…頼んだぞ。

戦闘に慣れていないデミも、レイルを守って走ることはできるだろう。あとはキシが匪たちを救出するのに間に合ってくれればと思う。

騎馬兵が追い縋《すが》ってきて、大地に蹄の音が鳴り響く。土煙が地面を覆って巻き上がり、珠狼は全速力で走っては急カーブを描いて追撃をかわし、森へ、森へと誘導した。

ヒュン、と矢が耳元をかすめる。馬上から射かけられる矢は弧を描いて飛び、容赦なく雨のように珠狼に襲ってきた。

切るような風を受けながら、珠狼は姿勢を屈め、手綱を引き絞ってひたすら前を目指す。

――あと少し…。

背後は生き物のように兵の陣形が裾広がりになって増えている。ドドッと大地を蹴る音が空に響き上がり、咆哮《ほうこう》とも怒声ともつかない声が珠狼の背中を摑みかかる勢いで追った。

カン！　と鐙《あぶみ》に矢が当たる。その間もヒュンヒュンと矢羽根が左右をかすめていく。珠狼は目を眇めながら、前方に別な兵が回り込んでくるのを見た。

珠狼の意図に気付いたのだ。

――くそ……。

一直線に森に入るためには、あの兵たちの間を突破せねばならない。珠狼は剣を片手に素早く左右へ視線を走らせ、ボロボロになった馬車の姿と、数が少なくなったところで応戦しているひと固まりを見た。まだ戦っているということは、ふたりとも命があるということだ。

――生き残れ…。

念じて、自分の逃走ルートを探る。だが、そのとき背後で急に悲鳴が上がった。

「わあああっ！」

「うわあっ！」

──……？

次々と声が上がるが、振り向けるほどの余裕がない。だが、前方の兵たちに浮塵子《ウンカ》のごとく小さな黒いモノが群がって、兵士たちは必死になって手で追い払おうとし始めた。

「なんだ！」

「う、うわあ、痛い！」

珠狼は走りながら目を見開いた。それはまるで雨雲が地面すれすれまで下りてきたかのような黒灰色で、厚く覆われた兵士たちは、姿もはっきり見えなくなっている。射かけられる矢も止み、速度を落として振り返ると、そこは一帯がとぐろを巻いたような黒雲に覆われていて、兵たちは追うどころか混乱して叫んでいた。

「……」

一瞬、事態を把握するのに止まったが、同時に馬車のほうから叫ぶ声が聞こえた。

「殿下！　こちらへ！　お早く！」

匡が大剣を振り回している。キシがタンを馬に乗せて走ろうとしているのが見えて、珠狼も駆け戻り、匡を拾って急ぎ撤退した。

駆け抜ける間も、兵たちは何十万という黒い何かにたかられてパニックになっている。珠狼は近くを通り過ぎ、兵を覆っているものをちらりと見た。

──精霊か…。

クツと呼ばれる小さな精霊だ。土の中にいることがほとんどで、普段は姿をみせない。ひとつひとつは小型のバッタくらいしかなく、害もないし、人に悪さをする類《たぐい》の精霊ではなかった。

唯一、傾向があるとすれば、彼らは土のように黒いものが好きだ。兵士の制服を目印に集まってきたのなら、何となくわからないでもない。

──でも、何故…。

クツたちは第三妃の兵だけを狙って群がっている。

訝しんでいたが、数日ぶりに会う匡は擦《す》り傷だらけで荒い息のまま、にやりと笑った。

「助かりましたな。さすが、殿下は悪運がお強い」

「…お前もだ。よく無事でいてくれた」

頬傷がまた増えたんじゃないか、と笑うと、匡は土埃《つちぼこり》で汚れた袖で頬をぬぐう。

「まったくですよ。ひどい話だ。暗殺者が忍び込んでるなんてもんじゃない。兵全部が刺客だったんですからな」

珠狼は走りながら嘆息した。さすが、良琉那より母親のほうがやることは徹底している。

「…斌崘兄上は、無事だろうか」

こちらだけが狙われることはない。珠狼の増兵五百が刺客だったのなら、斌崘に与えられた兵も同じだろう。匡が呆れた顔をする。

「他人の心配なんぞしてる場合ではありませんぞ。なんだかわからんモノがたかってるからいいようなものの、アレが離れたらまたこっちへ向かってくる」

全部斬るのは大変だ…と匡がうんざりした顔をした。

確かにそうだ。

珠狼は戻りながら、もしかして…とデミに預けたレイルを探す。デミは馬上でレイルを支えながら、茫然《ぼうぜん》とクツの大群を見ていた。

「デミ」

レイルは無事か、と駆け寄ると、デミは我に返ったように珠狼を見た。抱えたレイルは、意識なく目を閉じている。

「あ、あ、あの…レイルさんが、あれを呼んで…」

やはりそうか…と心の中で思い、馬から降りてレイルを引き取った。

――…レイル。

レイルはぐったりとした様子だったが、呼吸や体温を診る限りでは、無事なようだ。

隣で匡が覗き込む。

「…精霊使いですかね」

「ああ…」

なるほど、と匡が後ろの増兵軍を振り返った。彼らはまだ大量のクツに取り囲まれて混乱している。

「どうします？」

「……」

クツに殺傷能力はない。草木の根を噛み切るぐらいのことはするらしいが、毒性は聞いたことがなかった。おそらく、しばらくすると兵もそのことに気付くだろう。珠狼は匡にレイルを手渡した。

「ちょっと預かっててくれ」

「へ…？」

ひらりと馬に飛び乗り、精霊に取り囲まれている一団の中で、指揮官レベルが居そうなところへ駆けていく。キシがすかさず護衛に付いて来る。

十分距離を置いて、珠狼は聞き取れるように馬上から声を張り上げた。

「よく聞け。我々は精霊の加護を得ている」

クツにたかられて呻いている者が多いが、何人かは珠狼の言葉に反応している。

「城に帰ってそなたらの主にこれを伝えよ。それでもなお首を捕りに来るというなら、国境まで来い！」

それだけ叫ぶと、カッと馬首を巡らせて駆け戻った。

彼らが恐れをなせば、いったん城に戻るだろう。追ってくるほどの強者《つわもの》がいるなら、そのとき応戦すればいい。

珠狼はざっと周囲に目をやり、奪えそうな馬を見つくろってから、レイルを抱いて待っていた匡たちのところへ戻った。

「これに乗れ、国境へ戻る」

豪胆な笑みとともに、匡は増兵軍の馬にまたがって腹を蹴る。

「それ！　逃げるが勝ちだ、急ぎましょう」

匡の掛け声に、全員が一列になって走った。匡の後ろにレイルを抱えた珠狼、タン、デミ、最後尾をキシが守って走り、一団は夜通し駆けて真夜中を過ぎた頃、無事に国境警備の宿舎にたどり着くことができた。

◇◇◇

その夜。珠狼は宿舎の自室でまだ意識を取り戻さないレイルを見つめていた。

国境警備の砦は、国境門と一体化した建物になっている。

山脈は、標高があるだけでなく、そのどれもが険しい山道だった。それぞれの山裾も折り重なるように連なっている場所が多く、人が通れる道は限られている。国境兵が守るのは、こうした〝人が行き来しやすい場所〟だ。

峠を越えて、山道がふもとへと繋がっている場所に関所となる砦を築き、堅牢《けんろう》な石門が造設される。木製の大扉は鎖がついていて、隊商や国使など、通行証を持った人間が通るときだけ、身元を改めて門を開いた。

門の両側は山肌にぴったりと沿って築かれ、円筒状の見張り台が張り出している。砦門の上は哨戒《しょうかい》できる歩道になっていて、昼夜交替で不法な越境がないか監視するためにある。

警備兵たちが暮らすのは、この円筒状の見張り台に続く部分だ。一階は厩舎《きゅうしゃ》や炊事場、薪や食糧庫などが占め、その上に二段ベッドが両脇に並ぶ狭い兵舎がある。上官はその上の個室、指揮官である珠狼の部屋は最上階だ。

壁も天井も頑丈な石造りの部屋は、王宮のような洗練さはなかったが、広さは十分あり、石床には深紅の織物が敷かれ、暖炉があり、木製の机と椅子、ベッドの他にソファも置かれている。

防御用に小さく取られた窓の他に、幅は狭いがバルコニーも設えられていた。珠狼は、丸椅子を引き寄せ、ベッドの傍らでレイルを看ている。

《レイルさんは、殿下を助けようと…》

デミの証言によると、レイルは森側に兵が走り出し、珠狼が前後を挟まれた瞬間に、珠狼の名を叫んだのだという。どうやって精霊を呼んだのか、どう操ったのかはわからない。デミは誰にでも見える精霊のことならわかるが、精霊使いのように〝視える者〟ではないので、何がどうなったのかは説明できないのだ。ただ、クツの大群が湧《わ》き出した後、気付いたらレイルが気を失っていたのだという。

――――やはり、ただの精霊使いではないのだろうか…。

レイルがクツを呼んでくれなかったら、逃げるのはもっと大変だっただろう。それは感謝したいが、レイルにどう聞き出すべきかに悩んだ。

きっとこの力が、レイルの隠したい秘密に繋がっているのだ。

《迷惑ばかりかけるのに…それでも僕は生きていて》

レイルの言葉が妙に引っ掛かっていた。レイルは、何に対してあんなに罪悪感を抱えているのだろう。

確かに、国は精霊使いや呪術師の存在を許していない。だが、命を賭《と》してまで隠さねばならないほどの弾圧はもうないのだ。なし崩しという形ではあるが、辺境の部族には『居る者』として黙認されている。薬草を摘む程度の精霊使いに、先刻のような力はないからだ。

彼らのほとんどは、精霊に薬草を見つけてもらったり、薬効を増幅させる手助けをしてもらう。あるいは、精霊ごとの習性を利用するのだ。精霊を見分けることが能力のひとつであり、精霊を使役するというより、力を借りることが主な仕事だった。だからこそ、国は精霊使いの存在を黙認している。

きっと、キシの指摘通りなのだろう。焔弓軍が執拗に追うのは、レイルが他の精霊使いとは違うからだ。クツがたわいない精霊だったとしても、あれほどの数を呼び出して操れる者はそういない。

「……」

本当は、自分の身の振り方のほうを心配しなければならない。匡などは、いっそこのまま国境線を拠点に、独立国を創ればいいとまで言い張る。自分もさすがに、殺そうとしてくる相手にこれ以上忠義を尽くすのはどうかと思っている。

――しかし、このまま国内を分裂させるのは…。

弱っている弦月に追い打ちをかけるだけだ。焔弓の付け入る隙を増やしてしまう。

キシをはじめ、幾人かの上官たちはクーデターを提案していた。もう、良琉那母子に弦月を支配させるわけにはいかないと息巻いている。珠狼は、かろうじて王宮からの伝書の返信を待つべきだと説得して彼らを止めた。

――正しい選択は、どれだろうか…。

王宮に攻め上り、良琉那を討つと言えば、部下たちは命を捧げて付いてきてくれるだろう。だが、世継ぎを討ったところで、次兄・斌倫がいるのだ。そして、父・大公を弑逆《しいぎゃく》する正当な理由はない。

だが、良琉那の命令に背いて焔弓侵略をせず、ここに留まっていても、結局謀叛《むほん》とみなされる。

この場所を与えておくのも、自らの目の届かない場所に珠狼が生きているのも、兄には耐えられないだろう。

――結局、私もレイルと同じなのか…。

自分も、どこにも居る場所がない。

寝顔を見つめながら苦笑すると、レイルが目を開けた。

「……身体は、大丈夫か？」

そっと問うと、レイルの澄んだ声が聞こえる。

「はい…」

ふたりとも、見つめ合ったまま言葉が続かなかった。

珠狼は躊躇い、レイルはふんわりした目元に苦悩を潜ませている。

「…ここは、国境警備の砦だ」

どの山の近くにあって、ここが何階の部屋か…思い詰めたような顔のレイルに何も聞けず、珠狼は要りもしない情報ばかりを話し、そして言葉が尽きて黙った。

「…〝殿下〟って」

レイルが枕に埋もれたまま言う。

「珠狼さんは、もしかして公子様なのですか？」

「……ああ」

思いがけない問いに、眉根を寄せて答える。

「ごめんなさい…僕、そんな方にご迷惑を…」

「いや…私が隠していたんだ。それに、何も迷惑ではない」

嘘をついていたことで信頼を失わないか、むしろそちらのほうが気になって、言い訳を探してしまう。

「…あの場で、いきなり本当のことを言っても、警戒されるだろう？　それに、密かに移動していたし」

「いえ、あの…僕も、ずっと嘘をついていたから」

レイルが首を振った。

「僕のほうがずっと悪いです」

「レイル……」

レイルが目を伏せる。

鎧戸を開けた窓の向こうは雀憐の森だ。黒々とした樹々がどこまでも続き、フクロウや鷹《たか》の声が聞こえてくる。

「〝精霊使い〟は、僕ではなく、僕の母なんです」

――……え？

静かな告白が、夜の空気に消えていく。ふと見るとレイルの手が震えていて、珠狼はその手をそっと包んだ。

レイルが、覚悟を決めたように抑えた息を吐いて、話し始めた。

「苔藻は、〝燭龍《しょくりゅう》〟と共に生きてきた部族です」

太古の昔からこの島に棲んでいる精霊たちには、いくつもの種族がいた。

そのひとつに龍族がいる。燭龍とは精霊としての名だ。

「苔藻の人々は燭龍を敬い、共存して暮らしていました」

燭龍の棲む森は苔藻の聖地で、村人は決して立ち入らない。唯一、精霊使いだけが薬草を摘むために入るのを許されている。

精霊使いは龍の加護を唱え、許された分だけの薬草を摘んだ。人と精霊の間は不可侵――。それが、苔藻の掟なのだとレイルが言う。

「森は燭龍の棲む場所。人間のものではないのです」

燭龍もまた、その聖域があるが故《ゆえ》に、古の精霊たちが次々と姿を消す中、彼の地に残った。

「母は精霊使いとして、苔藻の人たちの病を治す手伝いをしたり、薬草を扱ったりして暮らしていました」

物静かな、口数の少ない女性だったという。レイルも、母がどうやって燭龍と出会ったのかはわからない。

だが、部族の精霊使いは守り神に愛されたのだ。

「そして母は、僕を身籠もったそうです。けれど、母は誰の子かを村人に明かしませんでした……」

そしてひとりでレイルを生み、苔藻の片隅でひっそりと育てたのだという。

――燭龍の子……。

予想もしなかった告白に、珠狼は言葉を飲み込んレイルは村人の手で、聖域の森へと隠された。

「僕は何もできません。龍の力も持っていませんし、精霊と語らうことはできるけれど、僕はただの人間です」

レイルが眉根を寄せて悔いるように言う。

「母は、禁忌《きんき》を破って僕を産みました。けれど、苔藻の人たちは何ひとつ責めることはしなかった」

終生沈黙を守ったまま、レイルの母は村人に精霊使いとして遇された。レイルも、ずっと守られるばかりだったと言う。

「なのに、僕は何ひとつお返しできないまま……」

「……」

「母には、亡くなる間際に本当のことを教えられました。〝決して自分の出自を知られてはならない〟と念を押されて…」

燭龍の血を引いたことは、誰にも言ってはならない。

だ。

「二十年僕を育てて、そして母は寿命を終えました」

伏せた睫毛が小刻みに揺れる。

「母が亡くなって、ひとりになったとき、村の人たちが来ました」

彼らは何も聞かなかった。

薬草摘みの仕事を与えられ、レイルは呪術師の元で暮らした。

「母は最期まで何も言わなかった。でも、皆は僕が何者なのかを知っていたんです」

苔藻に来た商人たちは、最初からレイルを探していたのだという。

「どうして知ったのか、彼らは〝燭龍の子がいるはずだ〟と差し出すように迫ってきました」

精霊を使う戦に、龍の力があれば完璧だと彼らは言ったのだ。

「けれど、村の人は誰も僕のことを言わなかった…」

「それは、〝人間の欲〟を狂わせるから、と…」

古の精霊の力は、人の手には過ぎる力だ。けれど、それが手に入ってしまうとしたら…。

「僕は本当に何もできません。けれど、他の人はそう思わないでしょう」

——そうだろうな。

実際、レイルは出生を知られたことで追われるはめになった。

「僕がいるだけで、苔藻の人たちには迷惑がかかる。そう思って、あの場所を出て…」

けれど、死ねなかったとレイルは眉を顰める。

「…僕は弱虫です。死ぬこともできなかった」

「それは違う…」

否定すると、レイルは力なく頭を振った。

「珠狼さんに助けてもらって…いけないと思うのに、生きていたくて…」

もう少しだけ、もう少しだけ…何度もそう自分に言い訳をした。

「身を処さなければと思いながら、親切にしていただくたびに決心が揺らいで……」

「レイル…」

ぽと、と枕に涙が落ちる音がする。レイルは逸らしていた目を珠狼に向けた。

「母との約束を破りました。言ってはいけないことだけれど、僕はもうこれ以上貴方に嘘をつけません」

「……」

「今日、生まれて初めて精霊を呼び出しました…」

できるとは思わなかった…とレイルは呟いた。レイルの母は、精霊使いとしての教育はほとんどしていなかったらしい。だがレイルの儚《はかな》げな顔に、か細いけれどしっかりした意志が浮かぶ。

「…僕には燭龍の力はないけれど、でも僕は、珠狼さんのお手伝いがしたいです」

「レイル…」

「一緒に、居させていただけますか…」

細い指が珠狼の手を握った。珠狼は一瞬、その手を引き寄せそうになった。

愛おしさが湧きあがる。

――私は……。

そのとき、背後でドアを叩く音がして、珠狼は引き戻されるように表情を引き締めた。

「殿下、夜分に失礼いたします。伝令鳥が到着しました」

「今、行く」

感情を隠したまま、レイルの手を両手で包み、穏やかな笑みを向ける。

「見てくる。休んでいてくれ……」

「珠狼さん…」

自分を守ろうとしてくれたことも、一緒に戦おうとしてくれたことも嬉しかった。だがそれ以上に、自分の中にある、レイルへの想いの強さを自覚せざるを得ない。

痛みのような心の疼きを押し込め、珠狼は公子としての貌《かお》に戻った。

「無理はしなくていい。私は、精霊を人間の戦に巻き込むことはしたくないんだ」

レイルを、自分に命を預けてくれた全ての人々を守らなければ…。珠狼は表情を引き締め、階下にある食堂に向かった。

◇◇◇

食堂は、石壁と石床でできていて、木製の大テーブルがいくつも置かれ、皆適当にそれを囲んで座る。普段は食事に使い、会議があれば会議室になり、平時は娯楽室にもなる臨機応変な場所だ。部屋には上級士官が集まっていた。

軍の構成は二十人単位で班長がおり、百人を預かる者が百人隊長、千で一部隊となり、部隊長が率いていた。珠狼はその五千の兵の頂点に立つ指揮官である。

兵はキシや匡たちのように、裾の短い実用的な上着を着用しており、裾の長い仕立ては百人隊長以上だ。中に着るブラウスの色で階級が分かれていて、百人隊長は赤、部隊長になると白に格上げされる。

まだ真夜中だったが、すでに珠狼の帰還を受けて、南に三か所ある国境門からそれぞれ部隊長が駆けつけており、百人隊長も代表者が列席している。

珠狼はまず上座のテーブルの前に立ち、馳せ参じてくれた各砦の長たちをねぎらった。そしてデミが携えてきた伝書を受け取った。

二通ある。

「一通は王宮から、もう一通は北の国境砦からきております」

――斌諭兄上からか…。

丸めた羊皮紙を開くと、良琉那からは精霊軍についての報告は承知した、作戦は変更しない…とだけ簡潔に記されていた。きわめて事務的な返事だ。

――殺そうとしていたのだからな、当然だ。

一方、斌諭の手紙は、同じ大きさだったが文字がびっしりと書かれていた。珠狼は黙ってそれに目を走らせる。

《恐らくそちらも同じだろうが、琉那妃が寄越した兵に命を狙われた》

やはり…と眉を顰める。だが、斌諭はそれを全て討ち取ったらしい。無事に北の国境まで戻り、そして今回のことで決心が固まったと書き連ねる。

《良琉那を討つ。これは正当防衛だ》

――兄上…。

それしかないとわかっていても、珠狼の顔は曇った。伝書は、自分の兵だけでは数が足りないと訴えている。

《まずは予定通り進軍して、水晶鉱山で落ち合おう。そこで焔弓軍を討ち、しかるべきのち、凱旋《がいせん》と名目を付ければ都に軍を入れても不審は買わない》

文面には、今後の具体的な計画と共に、珠狼への言葉が並んでいた。

《良琉那たちは生かしておけないが、お前のことは信用している。お前とならば、手を組んでもいい。一緒に弦月を立て直そう》

ふたりで父を盛り立て、弦月の危機を乗り越えたい…。文はそう結ばれていたが、珠狼はしばらく見つめ、すっとテーブルに置いた。

「読んでどう思うか、皆の意見を聞かせてくれ…」

キシや匡たち近習も、千人の兵を預かる部隊長たちも、紺のインクで記された文面を目で追う。

「…あの殿下にしては、ずいぶんしおらしい美辞麗句ですな」

だが、と白髪のタンが顎髭を撫でながら言う。

「状況的に、これしか策が取れないのも事実でしょうな。あちらとて、単身で都を制圧するのは骨が折れるはずだ」

都の守りに配備されている兵は二万だ。それに、もし珠狼が大公を救いに駆けつけでもすると、数の差は五倍になる。

「珠狼殿下を味方につけておきたい…ここまでは本心だと思いますね。敵に回すと厄介でしょうから」

部隊長のひとりが冷静に分析する。肝の据わった猛者たちは、不敵な笑みさえ浮かべながら珷崘の思考を推測した。

「都に入って良琉那殿下を押さえるところまでは安全でしょう。だが、天下をとった途端、返す刀で寝首を掻かれるという危険もあります」

あの方ならやりかねない…と他の部隊長たちも同意した。珠狼も、それを否定する気はない。よくも悪くも、珷崘は生き残るためには善悪を躊躇わない強さがあるのだ。

黙っていたキシに視線をやり、見解を促すとキシが威儀を正して答えた。

「…違和感があるのは、わざわざ焔弓軍を討とうとしている部分です。都へ挙兵するなら、兵の損失は避けたいはずだ」

「凱旋と言う名目で、兵を都の中に入れたいからでは？」

「相手を油断させる効果はありますが、本気で謀叛を起こすなら、別に門を開けさせずとも、強硬突破すればよいでしょう」

兵の損失を被ってまでやることではない、とキシが言った。

「確かに、それも一理ある…」

珠狼が頷くと、部隊長のひとりが眉を顰める。

「まさか、斌倫殿下は焔弓に寝返るおつもりではないでしょうな」

水晶鉱山に居座っている焔弓軍と手を組み、珠狼をおびき出して始末をつければ、後顧《こうこ》の憂《うれ》いなく都を獲れる。

「焔弓の軍勢を借りれば、都を取ることは容易《たやす》いでしょうしな」

「……」

上級幹部たちの意見に、珠狼も迷う。

確かに、キシが以前口を滑らせたように、斌倫は母方が焔弓なため、常に隣国に寝返るのではないかと危険視されていた。

――だが、そうはいっても焔弓側が受け入れるとは限らない。

弦月公の血を引いた斌倫は、焔弓にとってうまみのある人材ではあるが、同時にうっかり中に取り込んでしまうと、いつ〝獅子身中の虫〟になるかわからない相手だ。

焔弓はそう簡単に斌倫を受け入れないだろう。斌輪が焔弓の手先として小さく納まる器ではないことぐらい、見ればわかる。

今なら焔弓と手を組むだろうが、都を手中にしたら、それこそ焔弓の兵を皆殺しにして裏切る可能性もあるのだ。

――そんな危険な駒《こま》に焔弓が手を出すだろうか。

では、わざわざ〝焔弓軍と一戦交えてから〟…という真意はどこにあるのだろう。

「……」

珠狼はしばらく考えてから口を開いた。

「斌輪兄上と、直接会って話してみよう」

「殿下…」

テーブルを取り囲む上級士官たちは、口々に危険すぎると説得する。だが珠狼は静かに首脳陣を見回した。

「書簡ではどうとでも取り繕える。本心を探るのは不可能だ」

かといって、間諜《かんちょう》を送り込むようなまだるっこしい真似《まね》をしている時間はない。

何よりも、本当は斌輪を信じたかった。

斌輪は確かに実利を見て動けるタイプだが、自分を罠に嵌《は》めようとしているとは、思いたくない。

「いずれにしても、一度は顔を見て話さなければならないだろう」

「殿下…」

「兵を動かすのは、その後だ」

文面通りに考えて、本当にそれが可能だと判断したら、国境兵を率いて焔弓軍を討つ。もし斌輪に二心《ふたごころ》有りとわかったら、残念ながら兄弟とはいえ粛清《しゅくせい》もやむを得ない。

――できれば、文面が本心だと思いたいが…。

甘いな、と思いながら、珠狼はその憂慮を表に出さず、強い覇気を纏って部下たちを見回した。

「いずれにしても、焔弓軍が鉱山を足掛かりに進軍する前に、手を打たなければならない」

内も外も難題だらけだ。だが悲壮感はない。珠狼は笑みを刷《は》いた。

「その後は王宮改革がある。焔弓軍も大人しくはしていないだろうし、やることは山積みだ、皆、目いっぱい戦える準備をしておいてくれ」

こんな山奥では物足りなくて、剣も錆《さ》びてしまうだろう？　と笑うと、上官たちの表情に意気込みが浮かぶ。

「腕が鳴りますね」

「早くしてくださいよ、殿下」

本当に剣が錆びちまう、とひとりが笑うと、次々に賛同の声が上がって、豪快な笑いに包まれる。

「皆の力が頼りだ。頼む…」

戦場をくぐり抜けてきた猛者たちを見回すと、彼らは本当に嬉しそうな顔をして頷いた。

ひとりひとり、出自も、ここへ来た事情も違う。だが国境を守り、ひいては弦月を守ろうという気持ちは一緒だった。珠狼は、こんな部下を持てたことを、幸運だと思う。

匡がにやりと笑う。

「よっしゃ。じゃあ、会談の成功の前祝いといこうじゃないか」

酒樽《さかだる》のほうをくいっと顎《あご》で指した。蟒蛇《うわばみ》ぞろいの上官たちは歓声を上げて酒樽を開けに行き、錫《すず》の椀を取りに走る。珠狼は笑いながら、心の中でやれやれと溜息をついた。

これは、自分だけ部屋に帰るわけにいかない。

——仕方ないな。

レイルのことが気になりながら、珠狼は賑やかな〝会議〟に付き合い、宴会は朝まで続いた。


明け方。珠狼は窓から黄味を帯びた朝陽が差し込むのを見ながら、石段を登って自分の部屋に帰った。食堂には飲み潰れた部隊長や、高いびきの上官もいるが、どんなに飲んでも顔色ひとつ変えないキシなどは通常通りの職務に戻っている。哨戒の兵士たちは朝の交替をし、食事当番の下級兵が、床に転がった酒椀や樽を片付けていた。

珠狼も多少付き合い酒をしたが、まず伝書をしためるほうが先で、斌崙に会見を申し込む書面は、酒を飲む前にデミに渡した。

今頃はもう伝令鳥は森の上を飛び、一直線に北の国境へと向かっているだろう。

石床は朝陽が弾かれ、階段も黄金のように照っている。珠狼は静かに鉄鋲の打たれた自室の扉を開け、窓際の机に突っ伏して眠っているレイルを見つけた。

近寄ると、白銀の髪にもオレンジ色の朝陽が当たって、金色に見える。

――待っていてくれたのか…。

腕に頭を乗せ、レイルはすやすやと眠っている。珠狼は机の反対側に座り、夢の中にいるレイルと向き合う。

――……。

レイルは、背丈も珠狼より頭半分低い程度だし、細いとはいえ、きちんと男性だと見分けがつくけれど、ひとつひとつを見ると本当に女性のように繊細なのだ。

なめらかに線を描く頰。抜けるように白い肌に、ほんのり色づいた桃色の唇。ばさばさに長い睫毛、コシのない絹糸のような巻き毛…。本当に、不思議なほどやわらかな姿をしている。

――燭龍の子…か。

想像もできない告白だった。

遥かな昔は、精霊は人と同じような姿をし、人と同じように話したという。その精霊の中でも、最も強い力を持つものが龍族だった。

〝世界の中心〟と呼ばれる大国・双龍の王は、この龍族の血を引いている。だから、双龍王の末裔《まつえい》と言われている弦月大公家も、薄く遠くではあるが、精霊の血を受けていることになるのだ。

龍族のことは、もう伝説でしかない。神話の中で、龍族は時に人の姿をとり、またある時は天空を翔ける鱗《うろこ》を持った巨大な精霊でもあった。

多くの精霊たちがこの島を去った。今見る精霊たちはその残り火のようなものだ。人間のほうも、かつての偉大な呪術師や精霊を従えて戦った精霊使いはもうおらず、かつては風を読み、大地の気脈を整えたと言われる大公家すら、そのような力はない。

その半ば伝説となった龍の血を、レイルは受け継いでいるのだ。

――隠し通すしかない…。

無邪気な寝顔を見ながら、珠狼は気持ちを引き締めた。

精霊と人との間に生まれる子というのは、聞かない話ではない。人の暮らしに紛れた精霊というのも、わずかながらいると聞く。だがレイルの場合は別格だ。

――燭龍の子なのだから。

その血を引いていると知られたら、本人がどう否定しようが、奪いあいになるだろう。まして昨日のように精霊を呼ぶことができるとわかったら、野心ある者はレイルを狙う。

苔藻の人々が命懸けで守ったのも、納得できる。

レイルの出自は誰にも知られてはならないのだ。一生自分の胸に秘め、そして、レイルが二度と流離《さすら》わなくて済むように、安心して暮らせる場所を作ってやらなければならないと思う。

珠狼は椅子から立ち上がり、レイルをそっと抱え、ベッドに移した。

――ここに置いていくしかないな。

今度の作戦に、レイルは連れていけない。

レイルの決心はありがたかったが、珠狼はレイルを戦に使うつもりはなかった。そして、置いていくことで、レイルへの愛情も封じてしまいたかった。

――これ以上、近づいてはいけない。

思わず告白してしまうほど彼に惹《ひ》かれていた。自分の心の中だけに留めておくつもりだったのに、気付くと抱きしめたい衝動に駆られている。

――今の私に、許されることではない……。

このまま進んだら、きっと自分は恋に溺《おぼ》れてしまうだろう。

恋は悪いことではない。だが、今は駄目だ。

調子よく、戦の片手間にできる恋などない。だから、今はこの想いは心の奥に仕舞うしかない。

「……」

やわらかなレイルの寝顔が、甘く珠狼を苦しめた。

珠狼は眉根を寄せてレイルから目を逸らし、暖炉の前に毛布をかけて寝転がった。

◇◇◇

翌々日……。

珠狼はレイルの姿を探していた。一階の土間に下りてみると、賑やかな声が聞こえる。

「はい、後はこまめに包帯を取り換えてくださいね」

「ありがとうございます。すんませんね」

レイルはにこにこと兵士の手当てをしている。珠狼はそれを壁際で見ていた。

レイルが居ると、その場は花が咲いたようになる。

ほぼ黒い服ばかりの色のない宿舎で、レイルの鮮やかな部族衣装は目を惹いた。

群青《ぐんじょう》のような深く青いロングベストに、白いブラウスが映え、胸元の銀の刺繍は髪の色に似合う。黒いブーツは、矢じりで破れたところを修理して履いていた。

レイルがいるだけで、宿舎の空気はどんどん和らぎ、男臭い灰色の宿舎が今はまるで春のような賑わいだ。

——本当に花だらけだがな……。

壁を見ると、レイルが摘んできて、干している野草でいっぱいだった。

ノカンゾウ、セージ、タイム、ネロリ、シェパーズパース……。どれも麻紐で結わえて、逆さに吊《つ》るして乾燥させている。薬草だけでなく、レイルは摘んできたレモングラスやヤグルマギクで茶を入れ、休み時間などに兵士たちへ振舞ってケアしている。

そういうところは、やはり都の人々が想像する〝精霊使い〟らしく見えた。

宿舎は男しかいないし、大雑把《おおざっぱ》で、悪く言うと乱暴だ。レイルのような繊細な気遣いは新鮮で、皆レイルの存在に浮かれていた。強面の猛者たちも、ふんわりと笑うレイルにデレデレして、事あるごとに『ここが痛い』だの『皮膚を切った』だのと手当てを頼みに来る。

——擦り傷なんて、洗いもしないで治すくせに。

だが、レイルはもともと人のために働くことが好きなのだろう。次から次へと兵士たちが来るのを嫌な顔もせず手当てし、それが終わってからも薬草を摘みに森に出て、すり潰したり小分けにしたりと夜遅くまで働いている。おかげで、あまり顔を合わせる時間はない。

珠狼も、敢えて忙しさに身を任せていた。

そうでなくても、留守部隊の責任者、同行する者の人選、場所の選定からルート決めまで、打ち合わせることは山のようにあった。

斌崘のことだけに構うわけにもいかず、王宮へ、焔弓へと斥候《せっこう》を次々放ち、情報収集をしている。宿舎内は王宮進撃への準備をする班、焔弓戦を想定した班、斌崘との会談に備える班と、慌ただしく組織され、宿舎はにわかに活気づいていた。

兵たちは、レイルが精霊使いであること、その力が良琉那たちの放った刺客から珠狼を救ったことを知って〝我が軍は精霊の加護を得た〟と喜んでいる。

第三公子が偶然精霊使いを拾う…これは瑞兆《ずいちょう》であり、天が自分たちに味方しているのだと言うのだ。

たとえそれがこじつけ半分でも、これから難しい局面に挑むのだから、士気が上がる材料は珠狼にとっても喜ばしい。

しかし、本当に兵たちの活力になっているのは、きっとそんな理由ではないのだろうと思う。

理由は、レイルそのものなのだ。

レイルの笑みは人々を癒した。大した怪我でもないのに手間をかけにくる連中にもやわらかく微笑む。

それが、宿舎全体の雰囲気を明るくしている。

いい傾向だと思う。だがそうやって周囲に愛されていくレイルを見ると、心の中は切ない気持ちになった。

レイルを、誰かに手渡してしまうような寂しさだ。

「レイル」

「あ、珠狼さん」

声を掛けると、レイルは顔を赤らめながら振り返って微笑んでくれる。自分の贔屓目《ひいきめ》もあるだろうが、レイルは誰よりも自分に笑顔を向けてくれている気がした。

頬を染め、嬉しそうに見つめられると、決心したはずの気持ちが揺らぐ。だが、珠狼は理性で湧きあがる感情を抑えた。

「留守の間のことなんだが…」

なるたけ感情を出さずに残留の話を切り出すと、レイルの顔はみるみる沈んだ。

「…やっぱり、僕が一緒に行くのは、ご迷惑ですか」

「そういうわけではないんだ。だが、まだ足も治っていないだろう？」

心が痛む。だが、珠狼は難しい顔を作って、あくまでも違う名目を挙げた。

宿舎ではもう会談のための同行メンバーが選抜されていて、食料・武器・宿泊用の備品などが着々と土間に集められている。匡とキシがひとつひとつ検品し、下級兵士が荷造りを進めていた。

「今度は道のりが厳しいんだ。丘陵地をのんびり行くのとはわけが違う」

説得すると、レイルはとんとんと足を踏んでみせる。

「足なら、もう大丈夫です。ほら」

「……」

確かに、傷の治りは驚くほど早かった。それも龍の血を引いているからか…と思っていると、匡の隣で検品の手伝いをしているデミが振り返る。

「精霊使いって、身体も特殊なんですかね」

レイルはちょっと照れる。

「そ…そういうわけじゃないですけど」

「ですよね。不死身だったら、そもそもあんな怪我しないだろうし……」

その通りだ。むしろレイルは普通の人間よりトロい。言い訳に使ったのもあるが、心配なのも本心だ。

「そうだぞ、また斬り付けられたり射かけられたりしたらどうするんだ」

ここぞとばかりに言ってみたが、駄目だった。レイルは、距離を置こうとしている珠狼の心情を知ってか知らずか、一生懸命ついてこようとしている。

「足手まといにならないように頑張ります。デミさんの馬に乗せてもらえば、お邪魔にはならないと思うし…」

「いや、わざわざ別な馬に乗る必要はない」

他の誰かの馬に…と思ったら、とっさに答えてしまい、レイルの表情がぱっと輝いた。

――しまった…。

「はい！」

ありがとうございます、と嬉しそうに深々と頭を下げられた。珠狼は意図と違う方向に向いてしまったやりとりに、止める言葉がなかった。

「僕、自分の分の荷物を作りますね！」

レイルはいそいそと荷造りをしている匡たちのほうに行く。

「あ、大丈夫ですよ。ひとり分、ちゃんと予備をこしらえてありますからね」

匡が笑って片目を瞑った。撤回しようがなく黙っていると、匡がフォローして言う。

「いいじゃないですか。精霊使いなんてむしろ頼んででもついてきて欲しいもんでしょ」

「…」

珠狼は、ただの精霊使いではないんだぞ…と、言えないので心の中で呟いた。キシは聞こえているくせに我関せずという顔で、ひたすら備品をチェックしている。

「こんな愛想もないむさ苦しい連中ばっかりなんですから、別嬪《べっぴん》さんがいたほうが華やかでいいや」

別嬪さん、と言われてレイルがちょっと赤くなっている。

「殿下の馬に乗られるのなら、鞍は最初からふたり用にしときましょうかね」

「すみません。ありがとうございます」

レイルは荷物を見せてもらいながら、匡の提案に大喜びだ。和気あいあいとした様子を、珠狼は横目で眺めて黙った。

その輪の中に、入るわけにはいかないのだ。

感情を押し殺していると、匡が目で階段のほうを示した。

「殿下、そろそろ上階《うえ》で会議が始まりますよ」

「ああ…そうだな」

部下たちを引き連れて階段を上がると、背後でデミの声がする。

「レイルさん、僕は手が空きましたから、薬草取り手伝います」

「ありがとうございます。じゃあ行きましょうか」

――レイルのことは、彼らに任せればいい。デミをはじめ、皆がレイルを受け入れ、守ってくれるだろう。

――自分が向かうべきは、軍の指揮だ。

伝令鳥が戻り次第出発する。もう猶予《ゆうよ》はない。珠狼は前を見据えて会議に向かった。

◇◇◇

北の国境から伝令鳥が戻ってきて、珠狼たちは琙輪のいる北の国境門へと向かった。上官たちは琙輪の兵に囲まれることを懸念したが、珠狼が説得した形だ。

こちらの陣営が疑心暗鬼になっているように、琙輪や琙輪の部下たちも、おそらく神経を尖《とが》らせている。警戒心は抱かせたくなかった。

それでも安全策は取った。会見に行くのは表面上、珠狼とレイルを含んだ八名だが、その後ろに、いつでも駆けつけられるよう百名の精鋭部隊が編成されている。

北の国境門へは最短となる国境沿いのルートを行く。山脈のふもとを真っ直ぐ北上するのだ。

珠狼、レイルとキシたち側近四人、部隊長から選出された護衛二名を含む八人は先陣を切り、護衛の部隊はさらに距離を置いて、姿を見せないように付いて来ていた。

「……わ……」

「大丈夫か？」

鞍の上でレイルがぐらりと揺れた。思わず支えようと腹に手を伸ばすと、びくりと反応する。取り繕うようにレイルが振り返った。

「大丈夫です。すごい、揺れるんですね」

緊張しながらも、レイルは顔を赤くして微笑みかけてくる。その表情に、珠狼は心が疼いた。

だが、微笑み返してはいけない。

向き合おうとしてくれるレイルに応えたら、ギリギリで保っているこの距離は、簡単に崩れてしまう。

「足場が悪いからな…」

国境に沿った山脈の道は険しい。溝のように岩だらけの山肌が深く抉れていて、そこを上ったり下ったりしながら進まなければならないのだ。

「そうですよね…」

「…」

同じ馬に乗っているのに、ふたりの間には微妙な距離が開いている。

レイルは遠慮して距離をとり、珠狼は自制して抱き寄せることをしなかった。ぎこちなく隙間をあけ、その分、姿勢は不安定になる。

「……」

「……」

振り返った瞳が何か言いたげだ。だが、レイルも珠狼も、言葉は出なかった。

「…まだ先まで進む。転げないように気を付けてくれ」

「はい…」

レイルは少しさみしそうな顔をして前を向いてしまう。

――……仕方がない。

レイルの笑顔を、わざわざ消すような真似をしている。心が重かったが、珠狼は顔に出さずにその感情をしまい込んだ。そして岩を駆け下りるときだけ、レイルが落ちてしまわないようにそっと庇いながら、黙って馬を駆った。

やがて黄金の夕陽が山を照らし、濃紺の帳《とばり》が下りた。珠狼は夜に紛れて焰弓軍に奪われた水晶鉱山を左前方に見上げ、馬を止めた。隣にキシが並ぶ。

「…思ったより、警備は手薄ですね」

「ああ…」

かなり鉱山に近い場所まで来ているが、警備兵は正面の鉱山入り口を守っている部隊があるきりだ。

入り口の前に、腰より少し高い程度の防塁《ぼうるい》が半円形に巡らされており、弓を携えた歩哨兵が篝火《かがりび》に数人ずつ見える。後ろの水晶鉱山は真っ暗で、迫りくる巨峰の前では、たかが数十人の兵などなんの警備にもならない気がした。

「町を占拠しているからか？」

「…しかし、あちらもひと気がありません」

森に阻まれて全貌は見えないが、水晶鉱山のふもとには鉱山町が広がっている。鉱夫宿や盛り場、店や商人の倉庫などが集まり、自然と形成された小規模な町だ。だが、キシの指摘通り、森の向こうは静かで灯りも見えず、煮炊きの煙も上っていない。

「破壊されている可能性もあります」

鉱山を占拠しながら、周囲に弦月の人間が住める場所があるのは邪魔だ。住民を追い出して占拠するか、民ごと焼き討ちにするのが定石だった。

鉱山町の人々については、報告は来ていない。鉱夫たちも、半分は殺されたと聞いているが、後の行方はわからなかった。

「今日は、これ以上進まないほうがよいでしょう」

本当は闇に紛れて通過できればいいのだが、自分たちはともかく、後続の百人部隊を動かすと、夜でも目立つ。ここだけは、明るくなってから森を通って迂回するほうが賢明だった。

珠狼たちは森の端に場所を借り、野営の準備をした。テントは張らずに藪の間に馬を留め、松やシダなどの樹木の、一番下の枝を綱で引っ張って屋根代わりにする。この下に寝袋を入れると、葉や枝に隠れるのでカムフラージュになるのだ。

八人はそれぞれふたりとひと組になって適度な間隔で寝場所を確保し、そこで携帯食を取った。多少鉱山まで距離があるとはいえ、煮炊きは危険だ。

明かりもなく、黙々と食事を済ませ、必要最低限の内容だけ小声で確認した後、各々眠りにつく。

モミの木の簡易屋根は、鼻先で強い緑の匂いがした。寝袋の下からは湿った土の匂いがする。

珠狼とレイルは同じ枝の下に寝袋を敷いた。

レイルが何度も珠狼の顔を窺うように見ていたが、珠狼は敢えてあまりレイルのほうを見ないようにしていた。

目の端に、笑みの消えたレイルの顔が見える。だが、向き合って眠るのは避けたかった。

――……。

背中を向けて眠ると、後ろから視線を感じる。だが、安全上、離れて眠るわけにもいかない。

――許してくれ。

辛抱強く視線を無視していると、寝袋の背中をキュっと摑まれる感触がした。

「…」

不安な気持ちが、布越しに伝わってくるようだった。レイルにしてみたら、突然笑わなくなった珠狼の態度を、どう受け止めていいかわからないだろう。

自分の冷静さを保つために、レイルを苦しめている…そう思うと、申し訳なさと心配で、珠狼は降参して寝返りを打った。

――レイル…。

泣きそうな顔で見つめているレイルに、心が引き絞られた。珠狼は寝袋の中から手を伸ばし、ふわふわのプラチナブロンドに触れた。

ほとんど声を出さず、唇だけ動かして囁く。

〈早く眠ったほうがいい…〉

微笑みかけると、ようやくレイルが表情をゆるませた。

〈はい…〉

安心したように見せる笑みが愛おしい。

寝袋はぴったりくっついたままで、向かい合った顔はこぶしふたつ分しか空いていない。

〈おやすみ…〉

〈はい。おやすみなさい〉

ぱちりと素直に目を閉じて、やがてレイルは赤ん坊のように無垢《むく》な寝顔になる。珠狼はそれを静かに見守っていた。


――――駄目だ……。

数時間後、珠狼は眠れないままひとりで音《ね》を上げた。

見上げると、モミの枝の向こうは強い月明かりで、くっきり枝にコントラストがついている。珠狼はそっと寝袋から出て、枝の端から外へ行った。

辺りの哨戒を兼ねながら野営地を離れ、森の切れ目まで歩く。森を出ると、足元はいきなり石と乾いた土に変わる。

「…ふう」

星の散りばめられた空を見上げて息を吐いた。

月はあと三日で満月だ。膨《ふく》らんだ銀色の輝きは、まるで昼のように明るく、岩だらけの山を照らす。

珠狼は足音を忍ばせて静かな夜を歩き、適当な岩陰を見つけて腰かけた。

両手で顔をぬぐう。

「まいったな……」

レイルが手を伸ばしてくれたことが、想像以上に嬉しくてならなかった。

そのせいで、見なければいいのにレイルの寝顔を見てしまい、結局逸《はや》る鼓動を鎮められない。

――心は、思い通りにならないものだな。

理性でセーブしても、愛おしさは消せない。まして、あんなふうに自分から向き合ってくれている相手を、無視することはできなかった。

「……」

どうすればいいだろう…。甘苦しい思いを持て余していたとき、月明かりに影が差したような気がして顔を上げた。

空は雲ひとつなかったはずだ。そっと身を屈めて影が動いたほうを見ると、いつかの巨鯨のような精霊が夜空を泳いでいた。

――精霊軍…。

さっと背筋に緊張が走り、同時に仲間が眠る森を見る。そして森に何とも言えない気配を感じて、珠狼は音を忍ばせながら駆け戻った。

――何かいる。

姿はない。音もしない。だが総毛立つような感覚に追われ、木々の間を走り、野営地に入った。

同時に藪に隠した馬が身震いをして立ち上がる。

「逃げろ！」

珠狼の声と、枝を引き下げていた綱が切られるのが重なる。三つの枝が一斉に跳ね上がり、キシたちが片膝で迎撃の構えを取っていた。

気付かれたとわかった敵は猶予を置かなかった。姿も見えないまま矢が飛び、ザザッと下生えの草を掠《かす》めて四方から走り込んでくる。珠狼は自分のいた枝の下に滑り込み、驚いて目を見開いているレイルの手を引っ張り上げて剣を構えた。

「殿下！」

タンの案じる声に叫び返す。

「大丈夫だ！　散開して退避せよ！」

目の前にいるのは人間だ。だが上空に前回の精霊がいる。本気でかかられたら、この人数では危険だった。

バラバラに逃げて、追手も分散させる。皆自分の身は守れる力量だ。何も言わずとも、後続の部隊に向かって逃げるだろう。

「レイル、しっかりついてきてくれ」

「はい…」

レイルが緊張しながら返事をする。珠狼は矢の方向で敵の位置を確認しながら、繋いでいる馬に寄った。

手綱を解こうとした瞬間、上からの殺気に顔を上げる。

「珠狼さん！」

木の枝から飛び降りてくる敵にさっと後じさる。相手は矢ではなく剣を振り下ろし、珠狼の受け太刀でカン、と強い音を響かせた。

黒く短い上着、白い肌…。

——弦月軍…。

容赦ない視線で斬り込んでくる相手は、間違いなく弦月の人間だった。

「殿下！」

右から匡が護衛に入り、俊敏な敵の剣を大剣で叩き落とす。同時にキシが木にくくっておいた馬の手綱を剣で斬り払った。

丁寧に手綱を解く間も惜しんで、矢を払いのけながら馬の尻を叩く。

「お逃げください！」

早く、とキシが振り向かずに叫んだ。珠狼はレイルの胴を抱えて馬に飛び乗り、切れた手綱はそのままに、脇腹を蹴って制御し、剣を振るう。

ヒュンヒュン飛んでくる矢にレイルが当たらないように庇って抱え、珠狼も、匡とキシが走れるだけの時間を稼いでから森を飛び出した。

背後からは、追え！　という指示が聞こえていた。弦月の発音だ。

——やはり…兄上なのか……？

それなりに気構えてはいたが、心情としては認めたくなかった。

だが、嘆く余裕もない。珠狼は黒馬を駆り、岩だらけの山肌へと出る。だが、後ろで待機している部隊の元に行こうとすると、上から青いヒトの姿をしたものが次々と落ちてきて行く手を阻んだ。

「…この間のか」

上空の鯨が月光を遮り、珠狼たちの周辺は陰になっている。無数に揺らめく青い精霊は影絵のように左右を取り囲んだ。

――何故同時に…。

だが考えている暇はない。強行突破しようとしたとき、上空の影がのしかかるように大きくなった。

「!」

見上げると、空を泳ぐ巨大な精霊が下降してくる。巨鯨の、鋼色の躰《からだ》に銀色の月光が照り返った。高度を下げ、森の木々が鯨の尾で叩かれてバキバキと音を立てる。精霊は躍りかかるように軀体《くたい》を大きくうねらせた。足で馬を退却させようとするが、馬が棒立ちになったまま動かない。

「!」

ドーンという地響きと共に、巨鯨の頭が地面に叩きつけられる。珠狼はぶつかる寸前にレイルを抱えたまま鞍を蹴り上げ、反動で大きく宙を回転して後ろに飛び退った。が、巨大な精霊の風圧に吹き飛ばされ、岩だらけの道に転がった。

「…っつ」

「レイル、大丈夫か！」

山道に乾いた土煙が上がった。珠狼は咳《せ》き込むレイルを抱え直して立ち上がる。

巨鯨の精霊は頭突きをものともせず、珠狼を見つけると、尾びれを地面に打って弾《はず》みをつけ、さらに挑んでくる。

刺客がいる危険を承知で姿が隠せる森に逃げ込む

か、巨鯨の腹の下まで一気に間合いを詰めて攻撃範囲から逃れるか…。距離と、レイルを抱えて走れる速度を推し量った瞬間に、レイルが手を引いて叫んだ。

「珠狼さん！　後ろへ！」

「レイル」

「あっちです！」

レイルの手は迷いが無かった。珠狼は逆らわずに剣を構えたまま向きを変えて走る。

「精霊が飛んでいく」

レイルの必死の声に前方を見ると、まるで天にかかる星々の河のように、粉屑状の光が先の山へと続いていた。

――……水晶鉱山……。

月明かりにも、その壮麗な山は凛々しい稜線を浮かび上がらせている。周囲の山よりひときわ高く、裾野は左右の山に折り重なるように流れている。

焔弓軍が…などという問題は構っていられなかった。巨鯨ののたうつ風力で、森側は枝が折れそうなほどしなり、山側は岩石が砕かれて飛礫《つぶて》が音を立てて弾け飛んでいる。

「あれだな！」

「はい…っ」

レイルの足に合わせていたら間に合わない。珠狼はレイルの胴を抱えて全速力で走った。

石を蹴り、力いっぱい跳躍し、凄《すさ》まじい地響きの中で、ひたすら銀の精霊たちの跡を追う。

息が荒かった。巨鯨は水中の獲物を喰《く》うかのように珠狼たちの上まで躍り上がって襲ってくる。風圧が肩すれすれまで来ているのを感じるが、応戦する余裕がない。

「…っ…」

跳躍を繰り返し、巨大な精霊が狙いをつけた位置からギリギリで左右に避ける。珠狼は走りながら粉屑のような精霊たちが吸い込まれるように消えていく先を見つけた。水晶鉱山の裾野に、洞穴と思われる、黒々とした場所があるのだ。

――山の中に、入れるのかもしれない……。

防塁から悲鳴や怒号が上がっている。焔弓の兵が巨大な精霊の姿に驚いているのだろう。だが攻撃はない。

――あと少し…。

洞穴は隣の山裾との境目にぽっかりと空いている。大きさにしても馬がどうにか入れる程度の幅だ。追ってくる精霊がどういう能力を持っているのかはわからないが、岩を通り抜けたり、小さくなったりするような特技がない限り、洞穴に入れば振り切れる。

ビインと足元の土に矢が刺さった。

小石が飛礫になって足に当たる。珠狼は山と山の間に入り込むと見せかけ、直前で大きく角度を変えて横の洞穴に滑り込んだ。

尾びれが激しく洞窟の入り口を叩き、バラバラと石が落ちてくる。珠狼は肩で息をしたまますずるずると洞窟の壁にもたれて座り込み、ようやくレイルを抱えた腕をゆるめた。

「大……丈夫か………」

「……は……い」

息が荒くて声が続かない。レイルもだいぶ咳き込んでいたがどうにか頷く。

どっと汗が噴き出し、顔や腕は土埃で汚れている。ふたりともしばらくそれ以上口が利けなかった。

だが、外ではまだ間隔を置いて地響きがしている。こちらを探し回っているのかもしれない。ここに留まるのは危険だ。

――砦の兵士の矢は、こちらを狙っていた。

つまり、誰かが鉱山に侵入したことを知っているのだ。あの精霊からもだが、砦の兵士たちからも逃げおおせなければならない。

レイルの呼吸が収まるのを待ち、珠狼は立ち上がった。

「歩けるか…？」

「はい」

洞窟は真っ暗だ。天井も幅もどれくらいあるのかわからない……そう思ったのに、珠狼は歩き始めて、自分たちが視界に不自由していないことに気付いた。

――何故だ…？

不思議に思って足元を見ると、光るというほどではないが、明らかに足元だけ判別がつく程度に目で見える。

しゃがみこんで地面に触れみた。

「……苔？」

――苔が、光っている。

「蓄光苔《ちくこうごけ》です。暗くなると光るんです」

でもまだ暗いですね、と言うと、レイルが立ち上がって手を翳《かざ》した。

「…」

どこからともなくふわりと淡い光が集まってくる。

両手で包めるくらいの球体で、光を放つというよりは、擦りガラスのように半透明な明るさだ。音もなく漂い、レイルの手に従うように大人しく宙に浮かんでいる。

「この子たちに、連れていってもらいましょう」

オレンジ色に照らされ、まるで松明《たいまつ》があるかのように歩きやすい。珠狼はレイルに先を任せながら尋ねる。

「…これは？」

「水晶の精霊です」

そういう精霊を、珠狼は聞いたことがなかった。

「名前はなんというのだ？」

自分が知らないだけだろうか…と思って聞くと、レイルは困ったように小首を傾げる。

「さあ……人がどう呼んでいるかまでは…」

レイルは何でこの精霊のことを知ったのだろう。不思議に思っていると、レイルが考えながら答えた。

「僕は、人間が付けた精霊の名前はあまり知らないんです。ただ、何の精霊かわかるだけで」

「どうしてわかるんだ？」

「……さあ？　何となく」

人が何も考えずに空気を吸ったり、見えなくてもそよぐ気配を〝風〟と名付けるのに似ているという。

「風って、目には見えないでしょう？　でも、みんな風が吹いたら〝あ、風がきたな〟ってわかるでしょう？」

少し違うけれど、そんな感じなのだとレイルは説明した。

「この子たちは、水晶の気配がするんです」

そんなものか、と珠狼は思う。

大公家は、大地の気脈を整えるという双龍王の末裔だ。だから、普通の人よりは精霊が見える。それでも、こんな風に自然に精霊と関わることはない。

――燭龍の子……。

珠狼は水晶の精霊にまとわりつかれているレイルの横顔を見た。

ごく普通に見えるが、レイルはやはり計り知れない力を持っているのだ。精霊使いというより、精霊の側の存在なのだと思う。

「…？」

「いや…なんでもない」

焔弓軍が執着したのもわかる気がした。しかし、そう考えたとき、先刻の巨大な精霊のことが引っかかった。

――なぜ、焔弓軍の精霊が…。

刺客は弦月の人間だ。それは斌崙の差し向けた兵かもしれないし、良琉那の送り込んできた兵かもしれない。けれど、どちらも弦月内部の話だ。

――だが、あの精霊たちは相手を選んで襲ってきていた。

レイルと、自分だ。しかも珠狼たちがどちらに逃げるかを知っているかのように立ち塞がった。弦月兵の夜襲と無関係とは思えない。

森に弦月の兵士、進路側に精霊、退路側に焔弓軍…連携が取れ過ぎている。

《琺崘殿下は、焔弓に寝返るおつもりでは…》

軍議のときの、部隊長の言葉が甦った。

——兄上の母君は確かに焔弓の部族出身だ。だが…。

「珠狼さん…?」

「あ、いや…なんでもない」

珠狼は疑念を止めた。迂闊《うかつ》な答えは出せない。

けれど、もし本当に琺崘が焔弓と繋がっているのだとしたら…。悪材料ばかり揃《そろ》うことに眉根を寄せていると、長い洞窟が急に終わった。

「わあ…」

一歩踏み出すと、そこは異空間だった。

どこまで見上げても天井が見えないほど高く、まるで夜の空に放り込まれてしまったかのように、深い紺とも墨ともつかない世界が広がっている。そこに、まさに天上の星々のごとくきらめく光が無数にあった。

「……」

珠狼は、畏怖さえ覚えるこの空間に言葉がない。深い闇は音もなく遥か上まで続き、踏み入れることを躊躇うほど厳粛な静けさが漂っている。圧倒されたまま見上げていると、天空の星空のようだった景色が、少しずつ変化していった。

——………?

はじめは冬の星々の瞬きのように光が揺らめき、やがてそれらはひとつひとつが氷のように結晶になっていき、力強く輝き始める。

闇に強く透明な光が生まれ、きらきらと輝きながらまばゆく互いに反射し、そしてその数は次第に増えていった。

隣で、レイルが呑まれたように呟く。

「…きれい………」

確かに、たとえようのない美しさだ。幾万という光が育ってゆき、輝きを増すにつれ、それが山の内側の壁だということに気付く。

――鉱山の、水晶なのか……。

結晶のきらめきが辺りを照らすほどになって、珠狼たちにもようやく全景が見え始めた。そして、そのあまりの巨大さに目を奪われる。

連なる山脈の中でも、最も高く大きい鉱山の、内側全てが空洞なのだ。

向こう側は果てしなく遠く、山頂は輝いてもまだ闇に吸い込まれるほど上にある。弦月港を見下ろすあの宮殿さえ、丸ごとすっぽり入ってしまうだろうと思える規模だ。

――こんなに巨大だったとは……。

採掘は開国当初から始まっていたという。しかし、これほどの広さだとは全く予想をしていなかった。

壁面に無数に露出している水晶は、時間を追うごとに力を蓄えたかのように輝きを強め、くっきりと鉱山の内側を縁取ってみせる。ふたりとも立ち尽くし、変容していく水晶の山を見つめた。

「……あ…」

レイルがあれ、と虚空を指さす。やがてそこには、美しい色が浮かんだ。

黄、紫、青碧《せいへき》、牡丹色《ぼたんいろ》、深草《ふかくさ》、橙《だいだい》、深紅《しんく》、群青…鮮やかな色彩が透明な光を放って次々と浮遊する。

粉のように小さな光も、ふわりと雲のようにやわらかく浮かぶ光も、いずれも互いの色を投げかけ、重なり合った光はさながらオーロラのように揺らめき、光の膜となってたゆたう。

「……あれは？」

声を発するのも畏《おそ》れ多い気持ちで、珠狼は低くレイルに尋ねた。レイルはうっとりと光に魅入られるように見つめている。

「…あれは、みんな精霊です」

こんなにたくさんいるんだ…とレイルはうわごとのように呟く。やがてそれらの光は蝶《ちょう》のように自由に動き回った。

しゃらん、と繊細な音が響き、キーンと透明な音色が共鳴する。闇だった鉱山はいつの間にか眩惑的な光景に変わっていた。

そのひとつひとつが、何かの波を受け取るかのように鼓動し、波紋が山内に広がる。珠狼は、それがレイルの鼓動に同調していることに気付いた。

――これは、レイルに呼応しているのか……。

精霊は、元々ここにいたのだ。そして眠りから醒《さ》めるように、レイルの気配を見つけ、輝きだした。

「……」

この世では無いものを見ているようだった。そのとき、斜め上方でドォンという音が響いた。

レイルがハッとする。珠狼もとっさにレイルを庇って引き寄せた。

岩盤に亀裂が入って軋《きし》む音が伝わってきて、山の上のほうから落石が始まる。姿は見えないが、あの鯨のような精霊が体当たりしているのではないかと思った。

――どっちへ逃げるか…。

逃げてきた洞窟を振り向くと、遠くから人の声が聞こえた。おそらく、焔弓の兵が追ってきているのだろう。

「レイル、あの精霊たちに、他の出入り口があるか聞けないか？」

これだけの量を採掘しているのだ。出入り口が一か所ということはない。実際、入ってきたのは横穴だ。レイルは頷いて飛び回る精霊たちを見る。

「流れがあるから、多分、あちこちに入り口があると思います」

水や空気の流れのように、精霊たちは外から入ってきたり、漂って外に出ていったりする。

「こっちです！」

レイルが指さしながら進む。だが、歩くたびにレイルの肩が揺れて、珠狼は片足を庇っていることに気付いた。

「痛めたのか？」

「あ、大丈夫です…」

それより、急がないと…と、レイルは光の尾を引く紫色の精霊を追いかけている。珠狼はレイルの腕を取り、片方の腕を自分の首にかけさせて、脇を抱えるようにして歩いた。

その間も、上のほうではドン、という音がくぐもって反響している。バラバラと岩が崩れ、頭上にも注意を払わないと危険だ。

紫色の精霊は来た方向より左側に、山肌沿いをどんどん下っていく。鉱山は均一に掘り進められたわけではないようで、突出した場所もあれば、洞穴のように深くなっている部分もある。掘り残したところは高台のようになっていて、階段もなくいきなり地底部分が露出していた。精霊のほうは漂っているから高さは関係ないだろうが、ついて行く人間のほうは大変だ。

珠狼はレイルを横抱きにした。

「！」

「しっかり掴まっていてくれ」

「珠狼さん…」

レイルを抱えて、水晶が露出する岩を蹴り、下方を漂っていく精霊のところまで飛び降りる。レイルは反射的にぎゅっと目を瞑って首元にしがみついてきた。

「大丈夫か？」

「は、はい…」

精霊たちは水の中を泳ぐように下へ、下へと進んでいく。珠狼はそのまま追いかけて走り、だんだんとひんやりした空気の流れを肌で感じていた。

外気が来ている。外に繋がっているのだ。

そのとき、ひときわ大きい音がして、山が揺れたように思えた。立ち止まって振り向くと、爆風が服の裾を閃かせ、あの巨体が銀色に光っているのが見えた。

バラバラと岩盤が砕ける物凄い音が響き、巨鯨が躍り込むのと同時に、その背後に澄んだ夜空が覗けた。

「山が……」

レイルが驚いて見上げている。

砕けた岩々が、時間をおいて地面に叩きつけられ、山内に反響している。やや上方の場所にぽっかりと空いた穴から、小さな精霊たちが驚いて次々と外へ飛び出していくのが見えた。

オーロラのように揺らめいていた美しい光はたちまち消えてゆき、鉱山の中はぎらついた巨軀だけがやけにくっきり浮き上がる。

珠狼は、後ろは振り返らず、レイルを抱いて走った。足元は鉱石に混じって雪解け水が流れているのが見える。山肌に浸みこんだ水脈が、山外に出ていく水路なのだ。

湧き水は小さく音を立て、小石や水晶の原石の間を流れる。靴底を濡らす程度しかない浅さだが、走っていくにつれて、天井からもぽたぽたと大きい滴が落ち、両側の壁はしっとりと濡れて精霊たちの光を反射している。

色とりどりの精霊たちが泳ぐように進んで、水路の洞窟は宝石箱の中のようにきらきらと反射していた。

「明るくて助かるな」

足元がよく見えて走りやすい。レイルは珠狼の首元に腕を回して摑まりながら、目を輝かせていた。

「きれいですね」

うっとり見ているレイルに苦笑しながら走り続け、珠狼たちはようやく外に出られた。

岩肌が突然終わり、外にはなったが、左右は圧し潰されそうなほどの積雪だ。上は夜空が見えるが、人の背丈の一・五倍はある。

――五月だぞ…。

寒冷化が始まってから、この季節でもだいぶ雪は残るようになっていたが、こんなに積もっているのを見たのは初めてだ。

前方は雪解け水が流れているために雪はない。珠狼は驚きながらも雪壁に覆われた小川のような路を進んだ。

「…すごいな」

鉱山の裏側だというのは想像できた。だが、山を隔《へだ》てただけでこんなに気象状況が変わることに驚いた。水路の幅はどうにかレイルを横抱きにしたまま歩ける程度で、周囲がどうなっているのかを確認することもできない。だが、前しか行く先はないのだ。

珠狼はそのまま進んだ。

出口へ導いてくれた精霊たちは、自由に飛び回り、やがて雪の上に消えていってしまう。

「あの、僕、歩きます」

「その足では無理だ」

「でも…」

矢傷の怪我が治っていなかったのかもしれないし、巨鯨に突進されて転がったときに痛めたのかもしれない。どちらにしても、歩かせて悪化させるのは避けたかった。

確かに、精霊の血を引いているせいか、レイルの傷は治りが早い、だが身体は人間と同じように脆《もろ》いのだ。

「大丈夫だ。軽いし、それにここを歩くと足が濡れる」

レイルなら滑って転びかねない…そういう理由を付けたが、珠狼はこの事態にそっと感謝した。

レイルと自然に向き合えている。危機的な状況だというのに、そんなことに幸せを感じてしまった。

――駄目だな…。

結局、自分の心を偽ることは、できないのだ。

珠狼はかすかに笑みを含み、レイルを抱え直して前に進んだ。

両側にそびえた壁は、少しずつ低くなって、何とか頭が雪面を超えるくらいまでになっている。

「……ここは、どの辺りなんだろうな」

国境となる山々は一列に並んでいるわけではない。いくつもの山が折り重なり、山と山との間は渓谷のようになっている。人が住むには過酷な環境なので、盆地に小さな集落があるくらいだとしか聞いていない。珠狼も、詳細な地理は把握していなかった。

――この辺りだろうか。

もし読みが当たっているのなら、焔弓軍の侵攻ルートに近いはずだ。せっかく逃げたのに、行き着く先が焔弓軍の駐留地だったら目も当てられない。

積雪が低くなり、自分たちの姿が見えるようになるにしたがって、珠狼は警戒を強めながら進んだ。

――駐留軍が居るとすれば、開けた場所だ。

御前会議で聞いた報告では、鉱山へ襲ってきた兵の数は五万だと聞く。

負けて敗走した戦だから、敵の数は大仰に報告するだろう。だが、多少差っ引いて考えても、数万いるのなら、狭い場所には駐屯できない。人の数に馬や物資をプラスすると、それなりの面積が必要なのだ。逆に言えば、狭く見通しの悪い場所ほど、安全性は上がる。珠狼はまだ芽吹かない枯れ枝ばかりの森があるのを確認し、木々のある左側へ、左側へと進んだ。

積雪は胸元ぐらいまでで止まっている。森の中も低い枝の下程度まで積もっているから、どこへ向かってもこの厚みなのだろう。掻き分けて歩くのは難しく、やがて珠狼もレイルを下ろすしかなくなった。

「私の後ろを歩いてくれ」

「はい…」

先に通れるだけの雪を掻き分け、レイルについてきてもらう。だが、思うように前には進まない。

降り積もったままの雪は、人が踏むと深く沈む。一歩一歩歩くが、太ももまで雪に埋まってしまい、踏むのも足を上げるのも大変だ。

森まであと少し、というところで、木々の間から橇が見えた。珠狼は構えたが、顔を見せた相手は里人だった。

「…難儀だね。大丈夫かい？」

なめしただけの皮のフード付きコートを纏い、小型の木製橇には木切れが積まれている。色白で金色のくせ毛がフードから覗いていて、丸眼鏡《まるめがね》の下は、理知的な面差しをしていた。

「…大変だ。こんな積雪は歩いたことがないんだ」

素直に言うと、男は笑った。まだ若そうだ。長靴に橇板のようなものを付けている男は、軽々と雪の上を滑って近づいてきた。

「後ろの人、足を痛めてるだろう？　なんなら橇に乗せるよ」

「助かる…」

「珠狼さん…」

「無理をすると悪化する。乗せてもらおう…」

「……すみません」

申し出を有り難く受けて、珠狼はレイルを枯れ枝の上に乗せてもらった。その間に、男は小枝を選んで器用に縦横に組み、懐から細紐を出してくる。

「これを靴に付けたらいい。足が沈まなくなる」

毾底より一回り以上大きい形になっていた。小枝を組んだ紐の余りを甲に縛り付けると、体重が分散されるせいで、新雪の上でも沈まずに歩ける。男は左右ふたつ分をこしらえて手渡してくれた。

「ふたり乗せるには小さい橇だからね。ちょっと歩きにくいだろうが、頑張ってくれ」

「いや、ありがとう。楽になった」

並んでみると、背は珠狼と同じくらいだ。男はレイルを乗せた橇の縄を引きながら歩きだす。

「……弦月軍だろ？」

「…ああ」

ひと目でそれとわかる服装をしている。隠しようもなく頷くと、男は何ということはない、という口調で言った。

「大丈夫だ。助けてやるよ」

森より右側は焰弓軍の駐屯地だ、と言いながら男は笑う。

「運がよかったな。俺が薪拾いに来てたときで…」

「有り難いが、でも何故……」

男はミョウと名乗った。

「……別に、あんたが初めてじゃない。弦月人なら、もう何人も助けてるさ。今さらひとりふたり増えたって変わらないよ」

雪が月光を反射するので、枯れ枝の森は視界がいいが、それにしてもまだ夜中だ。こんな時間に薪拾いをしていることも、弦月人を匿うことも、何もかもが不思議で、珠狼はミョウに質問し続けることになった。

ミョウは飄々《ひょうひょう》とした顔をして話す。

「焰弓軍に見つかりたくないのは、あんたたちだけじゃない。我々も、見つかると面倒なんだ」

だから、人が寝静まった夜中にしか外に出ないと言う。

「何故……」

「狩られるからさ。奴らは人使いが荒いんだ。占領地のものは、人でもモノでも、全部自分たちのものだと言って、捕まったら下働きをやらされる」

煮炊きや馬の世話を押し付けられるだけでなく、食料などの物資も取り上げられると言う。

「だから、こっちも見つからないようにうまくやってる」

「…その、貴兄らの部族は、なんと言う名なのだ?」

貴兄…がおかしかったらしく、ミョウがふき出した。

「やめてくれよ。俺たちは普通の弦月民だ」

「え…」

「辺境のこだわり連中とは違うさ」

場所は辺鄙《へんぴ》だけどね、とミョウはにやりとする。

「どこにでもいる普通の民だよ。ただ、今のところは焔弓軍に見つかっていないから、弦月の民だ」

驚いている珠狼に、ミョウが冷めた目を向けた。

「ここは何度も焔弓と取り合いになっている地域だ。〝貴兄〟も上級士官なら、そのくらいは知ってるだろう?」

「…ああ」

下級兵士という身なりではない。珠狼は素直に認めた。

「ここの集落は何度も支配者が変わった。弦月が治めれば弦月の民になり、焔弓が支配すれば焔弓の民ということになる」

戦のたびに振り回される。だから、この渓谷に住む人々は、国に頼らない生き方をしているとミョウは言う。

「結局、どっちが治めたって同じさ。税を払っていればいいだけのこと…」

「……」

「どっちに乗っ取られてもいい。だが、こちらもそれに備えて自衛する」

ミョウは森の中心部へと歩く。雪の上でもなだらかな起伏があるのがわかり、水晶鉱山から雪崩れてきたと思われる岩石が、森を割り裂くように浸食していた。ミョウはその隆起した場所を下っていく。珠狼もついて行きながら尋ねた。

「だが、そんなに自立しているのに、何故弦月民を助けるのだ？」

複数いるという言い方だった。訝しむとミョウはさらりと答える。

「別に、慈善でやっているわけではないよ。彼らは、良質な水晶を持って逃げてきたからね」

——水晶鉱夫か……。

果たして、自分はそれに相当する金品を持っていただろうか…と珠狼が思案すると、ミョウは笑った。

「大丈夫だよ。あんたからモノを巻き上げようとは思わない」

「では何を…」

「情報を…」

橇を曳く手が止まる。ミョウが向き合った。

「我々も、住まいを知られるというリスクを冒す。そちらは身の安全を図れるんだ。それに見合う対価をもらってもいいだろう？」

珠狼はミョウを黙って見た。

悪人だとは思えないが、見るからに悪人という悪者はそんなにいない。

——言い分は明快だ。

この渓谷に住む人々は、為政者がコロコロ変わる状況に対応して、自分たちの身を守ってきたのだ。鉱夫からは水晶を、軍人からは情報を…得られるもので取引をする。理屈はあっている。

けれど、もし焰弓軍に内通されたら…。

「…だが、もし私が嘘の情報を教えたらどうするのだ」

試すように聞くと、ミョウは楽しそうに笑った。

そして橇を曳き、また歩き始める。

「俺も、人は見て声をかけるよ。誰でも親切に助けるわけじゃない」

「……」

「言っておくけど、集落の場所は極秘だからね」

軍に帰っても、くれぐれも地図には描いてくれるなと念を押されて、崖にある窪地に下りた。

確かに、レイルを連れて不案内の土地にいる以上、この男を信用するしかなかった。

山から崩れて溜まった岩石は、崖のようになっていて、下りてみると上には木々が見え、崖は断層が露出している。下りた当初は雪に埋もれて見えなかったが、崖の壁には上が丸く低い扉があった。

「雪が積もるんでね、最初から高いところに入り口があるんだ」

狭いから、気を付けて入るようにと言われ、身体を丸めて、小人の棲む家のような玄関を通る。レイルも橇から下りて恐る恐る崖の洞窟のような家に入った。

「おじゃまします…あれ？　中は広いんですね」

扉を入ると、階段を数段下りるようになっている。窓も天井近くについていることになるが、半地下風の家は、外観に比べると高さがあって開放的だ。

ミョウが玄関で声を掛ける。

「薪を下ろすのを手伝ってくれ」

「ああ」

ひょこひょこ足を引きずりながら手伝おうとするレイルを止めて、珠狼が枯れ枝を引き受ける。束にしてある枝は、薪というほどの太さはないが、夜中に音を立てずに取ってくるにはちょうどよいサイズだった。

「適当に座っててくれ。あ、靴は脱いでくれよ」

珠狼はぐるりと部屋を見渡す。

地面を丸く掘り抜いたような家は、内側が漆喰で塗り固められており、床は素焼きのレンガ敷きだった。

部屋の真ん中に小ぶりのレンガで丸く作った竈《かまど》のようなものがあり、これが暖炉のようだ。漏斗《ろうと》をさかさまにしたような細いパイプが天井に繋がっていて、煙を逃がすと同時に、暖炉の熱を部屋に行き渡らせているのだろう。

珍しい形なので裏側まで観察すると、反対側の一部が窪んでいて、そこに鉄製の丸鍋がすぽっと挟まっていた。どうやら煮炊きはここでするらしい。

角のない丸い部屋に沿うように、壁側にカーブを描く棚があり、生活備品が置かれている。対面の端に絨毯が二重に敷かれ、クッションが置かれていた。きっとここがベッドなのだろう。枯れ枝は備品を置く棚の隣に二、三束あったので、珠狼はその上に重ねて置いた。

ずいぶん長いこと戻ってこないなと思ったら、ミョウは空の橇に小さな箒《ほうき》を入れて家に入ってきた。

「橇跡をちゃんと消さないといけないからさ」

枯れ枝でできた箒で雪面を均《なら》す。こうすると翌朝辺りは風で小枝から落ちる雪も手伝い、橇跡はわからなくなるという。

用心深い…と感心すると、ミョウは橇を階段の脇に置いてから雪のついた靴や外套を壁沿いに置き、茶を淹《い》れてくれた。

外套を脱いだミョウは、どこの地域とも違う服装をしていた。丸首の上着は、労働階級にはよくある形だが、ミョウの上着は毛織と思われる厚みのあるものでできていて、生成りの色に灰色の縁かがりがしてある。腰丈の筒袖で、すぽんと頭から被るタイプだ。ウエストを細い革紐で結わえ、そこに短刀が鞘ごと挟まっている。

——珍しいな…。

下衣も長靴もごく見慣れたものだが、弦月には屋内で靴を脱ぐ習慣がない。

茶葉も弦月でよく飲まれるものだが、濃いミルクで煮立て、楓蜜で甘く飲む風習はどこか異国風に思えた。素直に感想を言うと、ミョウは笑みを浮かべて頷く。

「ここらの暮らしはごった煮なんだよ。焰弓様式もあれば弦月様式もある」

ミルクの茶には強い香辛料が入っていて香りがよく、冷えた身体をじんわりと温めてくれた。ひと息つかせてもらった後、珠狼は気になっていることを尋ねた。

「…それで、匿っている弦月人たちというのは」

「そうだな。この時間がちょうどいいか」

うちは昼夜逆だからね…と言いながら、ミョウは壁のほうをさした。だが、そこには何もない。

ミョウが立ち上がって枯れ枝を脇へどける。すると一番下だけわずかに色が変わっていた。

「こっちだ…ついてきてくれ」

ミョウが、つま先で色が変わった場所を少し押してから足を外す。するとばね仕掛けの扉が手前に開いた。珠狼は近づいて扉を見てみたが、縁が徐々に薄くなっている扉は、見た目は素朴なのに縁だけ弾力性があって、しかも壁との境目がほとんどわからない。

ミョウがにやりと笑う。

「漆喰の刷毛目にうまく合わせてあるんだ」

取っ手もなく、ぴったりと壁に一体化するので、一見するとそこに扉があるようには見えなかった。感心して眺めていると、ミョウが先導してその中に入る。

中も全体に漆喰で固められた通路だ。

「……すごいな」

高さは人が歩いても頭がぶつからない。左右も人ひとり歩くには十分な幅で、白い漆喰のせいなのか、ランプがなくても歩ける。

「こいつには発光カビを塗り込んである」

「そんなのもあるんですか」

驚いているのはレイルだ。後ろからレイルの肩を支えながらついて行くと、ミョウが説明した。

「蓄光苔とカビのかけ合わせだ。俺はそういうのが得意でね」

ある種のカビに、蓄光苔を餌《えさ》として与えると、カビ自体が光るのだという。カビは、雪に埋もれる外界より、一年中気温が安定しているこの地下が居心地いいらしく、壁や通路に塗るとそこで繁殖する。

「便利だよ。たまに蓄光苔をすり潰して塗ってやればいいんだから」

通路は思ったより短く、すぐ開けた場所に出た。丸天井で、最初の部屋よりずっと大きい。いくつも通路が見え、交差点のような場所だった。

ミョウは迷う様子もなく右から二番目の通路を選び、さらに進む。途中の通路にもやはりジョイント部分と思われる丸い部屋があり、ミョウはそこを右に折れたり左に折れたりしながら歩いた。

「どんどん付け足して増やせるのが、この工法の便利なところだ」

「まるで蟻の巣みたいですね」

「まあね、土の中に広げる分には、見つかる心配がないから」

レイルは面白そうに聞いている。足の状態が気になるが、通路は並んで歩くには少し狭い。ミョウはゆっくり歩きながら、やがて通路にある扉をひとつ足で蹴った。最初の部屋同様、さっきまではただの壁に見えたのだが扉の向こうはやはり部屋になっている。

「さあ、ここだ」

かなり大きな部屋だった。

天井の高さは変わらないが、広さはミョウの部屋の数倍あり、そこにはざっと見て十五人以上の人がいる。皆座って何かをしていて、一斉に入り口を振り向いた。

「なんだ、また新入りかい？」

「ミョウ、ついに軍人まで拾って来たのかよ」

部屋の中央のほうで笑い声がする。珠狼は座っている人々を素早く見分けた。

鉱山の人間だとわかる丸首のシャツに裾を絞った下衣姿の者が七名。その他はミョウと同じゆったりした毛素材の上着を着ている。

ミョウに真ん中まで案内され、珠狼は素直に続いていき、車座になって向かい合った。

「ついさっき拾った。珠狼というそうだ」

鉱夫たちがざわっとする。

知らない者もいるだろうが、少し知識があれば、大公家の第三公子の名ぐらいは聞いたことがあるだろう。その反応に、ミョウが眼鏡の奥の視線を鋭くした。

「…あんた、何者だ？」

鉱夫たちが緊張した目を一斉に向ける。珠狼は隠さずに答えた。

「大公家の者だ。南の国境を任されている」

「……公子様かい……そういえばそんな名だったか」

ずいぶんでかいのを拾った…と驚きを滲《にじ》ませた声でミョウが言う。

「で、その公子様が何故拾われたかね」

白髪の老人が尋ね、珠狼は一番当たり障りない事情を話した。

「巨大な鯨のような精霊に追われたんだ」

兄たちとの確執は知られてはいけない。鉱山を突き破ってきた精霊の話をすると、周囲は一様に頷く。

「ああ、あれかあ」

「見たことがあるのか」

「ああ、焰弓の連中が飼っとるやつじゃろ。あれはいかん」

森が切れて開けた所に、彼らはいるのだという。

「では、あの精霊軍が鉱山を襲ったのか？」

住民も鉱夫も、それには首を横に振る。やがて、他の部屋に報《しら》せにいった者が、次々と人を連れてきて、広い部屋は満杯になった。

鉱夫のうち、まとめ役だという男が代表で説明してくれる。

「あの精霊を見かけるようになったのはここ半月の話で、鉱山を襲ってきたのは普通の焔弓軍です」

何の前触れもなく数か所ある出入り口を押さえられ、突入されたのだという。

「警備兵たちは…？」

鉱夫は首を横に振った。鉱山には国境兵が常駐していたはずだ。

「いませんでした」

――いなかった？

「わしらも、警備は兵隊さんがやってくれとると思ってましたから、何が何だかわからず…」

ただ、無我夢中で逃げたという。逃れた者の多くは、自分たちと同じように、地下水の流れに沿って脱出したようだ。

「奴ら、だいぶ念入りに調べとったようで、搬出口以外の隧道《ずいどう》も押さえられてて、仲間のほとんどが捕まっちまいました」

鉱山は正面に正式な入り口がある。掘り上げた水晶の原石を荷馬車で運び出すための大きな入り口だ。ここは現在防塁が築かれ、焔弓の兵が見張っているが、そもそもは弦月の国境兵が警備していた場所だ。

強行突破され、斌崘の兵はすぐに逃げてしまったということだろうか…。言葉を変えながら聞いてみるが、鉱夫たちはいずれも戦闘はなかったと答えた。

「入り口で何か揉めとったら、わしらだって気付きます。でも、本当にいきなり焔弓の兵が制圧したんです。弦月の兵はひとりも見なかった」

見捨てられたのだと彼らは言う。

――兄上は、偽りの報告をしたということか？

斌綸は応戦したが占領されたと良琉那に告げている。それが、最初から戦っていないとしたら…。

――兄上は、本当に弦月を裏切るおつもりか…。

捕まった仲間たちは、焔弓軍の駐留地で働かされているという。

白髪の老人が口を挟んだ。

「何回か偵察に行きました。鉱夫は柵で囲われた場所に詰め込まれています。砦の建設にも駆り出されとりました」

運よく匿ってもらえたのは全部で二十二人だった。

「ここの人たちには本当によくしてもらっています。助けてもらわなかったら、どうなっていたか…」

とっさに水晶を掴んできた他は、着の身着のままで逃げてきた。捕虜になっている人々は、この寒空に屋根もない場所で抑留されているため、凍死者も出ているという。

彼らを、見捨てるわけにはいかなかった。

珠狼はミョウに向き直って姿勢を正した。

「鉱山の人々を匿ってくれたことに、深く感謝する」

ミョウはおや、という顔だ。

「そちらが必要とする情報を、話せる限り伝える。その上で改めて協力を願いたい」

真摯《しんし》に、この地下に住む民を見た。

「鉱夫たちを救出したい。知っている限りの情報を教えてほしい」

「……まさか、公子様に頭を下げられるとはね」

住民たちは皆驚いた顔をしている。鉱夫たちも目を見開いていたが、珠狼が頭を下げると、慌ててそれに倣《なら》って平伏した。

ミョウが感心したように息を吐く。

「命令しない為政者を初めて見たよ」

「私はただ大公の子というだけで、統治者ではない」

やれやれ…というように笑って、ミョウは眼鏡の縁を指で押し上げる。

「これも乗りかかった舟だ…と恰好をつけたいが、実際問題として早くこの争いが終わってくれないと、我々も安心して商売ができない」

「…商売？」

聞き返すとミョウが冷静な視線に戻る。

「そう。言っただろう？　我々は誰がこの地を治めても生きていける暮らしをしている」

そのために必要なのは金だという。ミョウの表情が厳しくなった。

「我々は、弦月の商人とも焔弓の商人とも付き合いがある」

雪解けが始まったら〝商品〟を売りに行く。

「そのとき、支配しているのが弦月だったら都まで売りに行くし、焔弓が治めるというのなら、焔弓に売りに行く。違う国の通貨を持っていても、買い付けに苦労するだけだからね」

だから戦況の正確な情報が知りたかったのだ、とミョウが言った。

「ここの雪解けは短いんだ。一年のうち、土が見える時期は三月《みつき》とない」

――それでか…。

軍人を助けるというリスクを冒してでも、彼らは現金収入を確保したかったのだ。

珠狼は部屋に座っている人々の手元を見た。

皆、膝の上や周囲に工具を置いている。視線に気付いたミョウが解説してくれた。

「ここは水晶を研磨する場所だ。他は部屋ごとに作業が分かれている」

「何を作ってるんだ？」

ミョウが隣に座る若者に命じて、隣の部屋から何かを持ってこさせた。若者は、両手に収まるぐらいの大きさの箱を持ってきた。

「時計だよ」

――時計……この大きさが？

珠狼は目の前の箱が開けられるのを見つめる。

時計というのは、先端技術のひとつだった。街中の鐘楼《しょうろう》のためにある時計は水時計が使われているが、寒冷化が始まってからは、凍りついてしまうため、ゼンマイ仕掛けの時計が隆盛し始めていた。

軍事的にも、遠く離れた場所で正確な時間を共有するのはとても大切なことで、行軍用に作られたものはとても小さいが、それでも馬の鞍に乗せられる程度だ。

開けられた箱の中には、真鍮《しんちゅう》の丸い時計が入っている。こんなに小さな時計は、初めて見た。

「今年最大の目玉だ。去年のものより三割近く小さくできるようになった」

「……………驚いたな」

素直に感嘆した。一体、どんな技術でこんなに小さな部品が作れるのだろう。

釘付《くぎづ》けになっている前で、ミョウがねじを回して動かしてみせる。

「小さくできるのは、素材に水晶を使ってるからさ。細密に彫り込んで加工できる職人技だ」

城や鐘楼用に作られる時計の部品は、鋳物《いもの》で作られていた。鉄を溶かして砂型に流し込むのだが、今のところ、ここまで精密に作る技術はない。

レイルもびっくりした顔をして見ている。

「ここは見ての通り、モグラみたいに土の中に隠れて住む生活だ」

冬は背丈より高い雪に埋もれ、狩りも農業もできない。さらにいつ戦になってもいいように、住まいを地下にしたことで外に出る機会がぐっと減った。

「だから、必然的に屋内でできる精密作業が生業になったんだ」

時計だけではなかった。精巧な彫りの宝飾品や美術品を生産しており、見せてもらうと、確かに珠狼も見たことのあるものがある。

「…ここで作っていたのか」

緻密《ちみつ》さだけではない。研磨の素材や色艶を出すための薬剤など、他では真似のできない技術を駆使したものばかりで、貴族が愛好しているものがいくつもあった。相当な高値になるだろう。

ミョウが笑う。

「手間がかかっても、ひとつでいい金額になる。だから、これで十分暮らせるんだ」

しかも小さいから運ぶのが楽だ…と片目を瞑った。

「小さければたくさん馬に積めるからね」

確かにそうだ。輸送コストがかからない、割のよい商品だろう。珠狼は、作物も作れないこの場所で暮らす人々の戦略に尊敬さえ覚える。

――こんなに雪に埋もれても、生きていけるのだ。

この場所は、山と山との間にあるほんのわずかな面積でしかない。人はあまり住んでいないと言われていて、特に焰弓側に面しているこの場所は、領地として併合しても、王宮ではほとんど気にかけられることがなかった。珠狼も、村落の場所はもちろん、名前も、こんなに優れた技術があることすら知らなかったくらいだ。

どちらの国からも軽く見られる場所だからこそ、彼らは自分たちの力で生きていけるだけの技術力を蓄えたのだろう。

――凄いな……。

この住居にしてもそうだ。あの崖下の入り口だけ見たら、貧しい森の木こりの家にしか見えない。誰も、こんなに奥深くまで繋がっているとは思わないはずだ。

壁や天井は漆喰で固められ、蓄光カビのおかげでどことなく明るい。暖房器具が見当たらないと思っていたら、ミョウのいた部屋の暖炉から、筒を伝って暖気が延々と各部屋の床を伝い、その熱が行き渡っているので暖かいのだそうだ。

「俺の家だけじゃないけどね。ここは表向き七軒だけ家があることになっているから」

そのひとつひとつが、隠し扉で繋がっている。他の部屋が煙を上げると、実際より家の数が多いことがばれてしまうので、管《くだ》を通して熱を回しているのだそうだ。

ぴったり閉じる扉は、密閉するが、扉自体に換気能力がある。ミョウは扉を開けてコンコン、と叩いてみせた。

「中は空洞で、表の塗装は漆喰のように見えるけど漆喰ではない」

珪藻土《けいそうど》に似た通気性を持つ素材なのだそうだ。だから、扉を閉め切っても空気はゆっくり循環していく。明かりも、空気がないと燃えないものは使わないという。掲げられたランプの中を見せてもらうと、入っているのは石だった。

「蛍光石だよ。水に浸すと光るんだ」

地中に家を構え、快適に暮らせる数々の工夫に、驚嘆する。

「一体、いつからこんな風に暮らしていたんだ…」

こんなに素晴らしい技術を、弦月は誰も評価せず、放っておいたのだ。反省を込めて言うと、老人が得意そうに笑う。

「ずっと昔からですよ。気付かないのは当たり前です。隠してたんですから」

見つかったら、技術が流出してしまうから…と言いながらも、老人は隣のミョウの背中を叩いた。

「だが、ここ十年ばかりの進歩はミョウの功績ですな。これがいたから、規模もここまで広がったんですわ」

ミョウは眼鏡を上げ直している。

「まあ、性分でね。あれこれ改造するのが好きなんだ」

「いや、賞賛に値する。この集落だけの技術にしておくのは、国の損失だ」

集落からすれば門外不出の技術なのだろうが、珠狼としてはぜひ都に伝授してほしい発明だった。

ミョウが少し複雑に笑う。

「お褒めに預かって恐縮だがね。実はそう威張れる状況でもないんだ」

「え？」

「さすがに、ここ十年の寒冷化は、慣れているとはいえ、うちでもやり過ごすのは楽じゃない」

年々、雪が解ける時期が短くなっている。その分、食料や燃料などを蓄えなければならないのだ。

「工夫は続けているけど、厳しくなっているのは本当だ。まして、今回はいきなり人数が増えたからね」

用意していた薪も足りなくなり、それでやむなく敵陣近くで枯れ枝を集めていたという。

「……すまない。迷惑をかける」

鉱夫たちを引き受けたために、集落は食料も逼迫《ひっぱく》しているのだ。統治者に代わって詫びたが、ミョウは声を潜めた。

「いや、こちらも水晶を手に入れた。対価は申し分ないんだ。ただ…」

懸念を浮かべて眉を顰める。

「この膠着《こうちゃく》状態がいつまでも続かれると、正直こちらも持たない」

もっともだ。大の大人が二十人以上増えたのでは、食料はあっという間に尽きてしまう。

雪解けの夏まで、あとふた月近くあるのだ。

――ここも、急がなければならないのか…。

兄たちのことだけではない、残してきた兵たちと早急に連絡を取り、鉱夫たちを救出するという課題まで増えてしまった。

そのためにに、まず何から手を打とう…と思案したとき、ガランガランという音がした。羊の首鈴に似た音で、壁近くにいた男が、壁の上に付いたラッパのような器具に耳を当てる。

「ミョウ、あんたの家の傍だ。急いだほうがいい」

ミョウが頷いて走っていく。なんだろうと老人を見ると、白髪の男がラッパのような集音器の蓋《ふた》を閉めて声を潜める。

「余所者が近づいたらすぐわかるように、雪の下に線を張り巡らせてあるんだ。引っ掛かると鈴が鳴るようになっている」

「…誰かが来たということか」

「焔弓軍だろうな…」

ビクッと隣でレイルの肩が揺れて、珠狼は宥めるように引き寄せた。老人が首を振る。

「大丈夫だ。今までも何度も来ている」


あいつらにわかるわけがない…顔色を変えたレイルにそう笑いかけたが、レイルの蒼白な表情は変わらなかった。

レイルは、苔藻での過去にだぶらせているのだ。レイルを庇って、苔藻では死傷者が出た。

もしミョウに何かあったら。もし焔弓軍が隠し扉に気付いて踏み込んできたら…。恐怖ではなく、レイルはまた自分のために犠牲が出ることを恐れている。

珠狼はそっと語りかけた。

「ミョウの部屋の隠し扉まで行こう。もし、ミョウに何かあったら、私が出ていく」

必ずミョウを助ける…そう言うとレイルは珠狼の袖を握りしめて頷いた。

「僕も、出ます」

珠狼はレイルを連れて通路を戻った。老人たちが心配そうに後をついてくる。皆、気付かれないようにするために足音を忍ばせていた。

ほんのり全体が白い通路で、珠狼はそっと扉に耳を近づけた。中が空洞になっているだけあって、声はよく聞こえる。ミョウが入り口のほうに向かって喋っているのがよくわかった。

扉の裏に靴が放られている。とっさに隠してくれたのだ。

相手の質問に、ミョウは「さあ…」ととぼけている。数人が入ってきている様子で、乱暴に家探ししているのだろう。鍋がガランと大きな音を立てて転がり、橇や箒だと思われるものが蹴飛ばされて壁に当る。そのたびに、隣にいるレイルが肩を引き攣らせた。

枯れ枝の束が蹴り上げられる音がして、隠し扉が見つかったかと肝を冷やしたが、扉は開かなかった。

慣れている…と言うのは本当のようで、後ろに続いてきている老人は、落ち着いている。

荒らしまわった相手は、成果が無かったことにいら立っているようだ。どかどかと階段を踏む音がしたが、出口の前で恫喝《どうかつ》していく。

「今日のところはこれで勘弁してやる」

これっぽっちしかないのか、貧乏人め…と相手が吐き捨て、バタンと扉が閉まった。どうやら、何がしかは奪い取られたらしい。

しばらく、皆じっとしていた。ミョウも戻ってこない。珠狼もそのまま待った。引き上げたと見せかけて、敵が待ち構えている可能性もある。

ミョウが転がった鍋や橇を片付け、だいぶ時間が経ってから、最後に枯れ枝の束を拾った。

壁沿いに並べ、そして扉を足で押す。内側のばねが動いて扉が開き、顔を見てレイルがようやくほっと息を吐いた。

だが、扉から通路に入ろうとした瞬間に、玄関の扉が開き、珠狼が視線で知らせて構える。

ミョウも固まった。人影に、珠狼が剣の柄に手をやり、飛び出そうとしたとき、レイルが驚いた顔で声を上げた。

「キシさん！」

半地下の家に飛び込んできたのは、黒衣のキシだった。

◇◇◇

珠狼たちは、再び通路をいくつも通って広間に戻った。キシも一緒だ。

キシは地下に広がる部屋や、鉱夫たちを見て驚きを隠さなかったが、珠狼を前に片膝を突いてかしこまり、深く頭を垂れた。

「申し訳ございません。お守りできず…」

「いや。無事でいてくれてよかった」

珠狼も、追手を振り切るので精いっぱいで、気にはなっていたものの、あの状況ではどうにもならなかった。

「他の者たちも無事か？」

「はい。後続の待機部隊に合流しております」

いったん部隊のところに避難し、珠狼たちの行方を追ってそれぞれが散っているのだという。

「私は焔弓軍に捕われている可能性を考え、駐留地に向かいました。そこで雪跡を捜索している者たちの後ろをつけてきまして…」

ミョウに詰問している焔弓軍が引き上げるのを待って、聞き込みをしようとしていたのだ。

「…ご無事で、何よりです」

鉱夫たちは黒いマントを羽織ったままのキシが、珠狼に傅いているのを遠巻きに見ている。珠狼は手短かに匿ってもらった経緯と、人質になっている鉱夫たちの状況を伝えた。

「このままにはできない。彼らを解放するためにも、焔弓軍との戦は避けられない」

キシが厳しい顔をした。だが、それでもやらなければならない。

「珷崙兄上に会う意味は無くなった」

もしあの夜襲が珷崙の差し金ではなかったとしても、珷崙は鉱夫たちを見捨てているのだ。

共闘して焔弓軍を討つということも、ふたりで父を支えるというのも、全て有り得ないだろう。背信を問い質している暇はない。自分だけでやるしかないのだ。

珠狼はキシに命じた。

「急ぎ戻って、残りの兵を連れてきてくれ」

「殿下…」

南の国境兵は、総数でも五千だ。

「数で不利なのはわかっている」

だが、この雪の中で野ざらしになっている鉱夫たちをそのままにしていたら、犠牲者はどんどん増えてしまう。

「兵が揃うまでの間に、情報を集め、策を練っておく」

どんなに急いでも、キシが国境門から兵と共にここまで戻ってくるのに二日はかかる。その間に、駐留軍の全容を調べ、突破できる隙を見つけるしかない。

キシはしばらく沈黙し、やがてそれしかないと納得したようだった。

「かしこまりました」

ミョウの方を向いて、立ち上がって礼をとる。

「どうか、我が主君をお守りいただきたい」

飄々としてるミョウも、さすがにキシの態度に呑まれて神妙に頷いた。珠狼は、兵をどのルートから来させるかを打ち合わせてから、キシを送り出した。

昼間は目立つから…という理由で、珠狼たちが偵察に出られたのはそれから半日後の日暮れだった。

ひと眠りさせてもらったせいか、頭はすっきりしている。ミョウは、付いて行くというレイルのために、足首に添え木を当てて布を巻いた。

「精霊使いなんだろう？　なら、連れて行ったほうがいい。森の加護がある」

ミョウの言葉に、珠狼も肯定した。三人は陽が落ちた森に出て、モミの木に登る。

「この森で一番高い樹だ。偵察にはもってこいだよ」

ミョウが先に登って、結び目を作った縄を枝にかけていく。レイルがそれを頼りによじ登り、珠狼が万一のときは受け止める体勢で最後尾に着いた。

真冬でも深い緑の葉を纏うモミの木は、張り出した枝に葉がみっしりと茂り、しっかりと姿を隠してくれる。三人は体重を支えられるギリギリ上の枝まで行って、葉の間から焔弓軍を見下ろした。

国境の山々は壮麗な姿で両側に迫っている。人が登ることを拒むかのような切り立った傾斜、畏れさえ覚えるほどの高さ。左右から圧迫されるこの谷間にいると、自分がちっぽけな蟻のように小さくなった気持ちになる。

――気象が変わるほどの高さだからな。

雨雲も雪も、この山を越えることはできない。だから冷気はすべてこの山脈にぶつかり、山ひとつ越えるだけで、向こう側の焔弓はカラカラに乾いた砂漠になるのだ。

それが、彼らが水資源を求める理由だった。

容赦ない大地の理《ことわり》を感じながら、珠狼はその狭い渓谷に駐留する軍の規模を測る。

「…思ったより少ないな」

白い雪の上に、深緑のテントや軍服がぎっしりと続いている。しかし、二万は超えていると思うが、報告にあった五万には程遠い。ミョウが眼鏡越しに目を眇めている。

「誰がそんなホラを吹いたんだ？」

こんな狭いところに、五万の兵など入る余地はないという。

焔弓軍は細長い渓谷に沿って縦に長く宿営地を伸ばしている。テント数個分おきに焚火がオレンジ色の炎を上げ、夕食の煮炊きする匂いがここまで漂ってきた。

「…捕虜の柵はあの崖沿いだ」

水晶鉱山側の一部に、四角く柵が組まれた場所がある。粗い木組みだが、天井までしっかり塞がれていて、ここから見る限り数百人では効かない数だ。

――千人を超えているのではないか。

「鉱山町の連中も、女子供まで根こそぎあそこに収容されてる」

――〝半数は殺された〟という報告も、虚偽だったのかもしれないな。

「気の毒だとは思ってたが、こっちもあの数全部は引き受けられないしな…」

ミョウの言葉はもっともだ。ひとりふたりを選んで助けるということはできない。だが、殺されていないのなら、寒さで命を落とす前に救出したい。

駐留地は長期的な滞在を見据えてあった。森に近いところから下級兵士たちのテントが続き、捕虜のいる柵のさらに上に、幕屋が三つ建てられている。

軍議や指揮官が生活する大きな幕屋が左右にひとつずつ、最奥に一番大きなものがひとつある。ミョウが説明してくれた。

「あの一番奥に、精霊使いがいる」

「…精霊軍のか」

「ああ…」

あまり深刻な顔をしないミョウも、険しい表情をしている。

「噂《うわさ》では焔弓王族の生まれで、希代の精霊使いなんだそうだ」

「…」

古代の失われた力を持ち、あらゆる精霊を使役することができるという。ミョウは苦々しげだ。

「あれは精霊なんかじゃない。妖獣だ」

あんなもの連れてきやがって…と悪態をついた。

巨大な鯨に似た精霊は、焔弓から連れてこられたものらしい。精霊の中でも、人を襲う狂暴なものを、人間たちは妖獣と呼んで恐れた。

「もともと焔弓《あっち》にはたくさんいるんだ。特に今は双龍王の代替わりが早いからな。妖獣が増えてる」

海を隔てた大陸・双龍の王は神王とも呼ばれ、大地の気脈を整える力を持っている。だがその分、王の力が弱まったり、死が近づくと大地の気脈が乱れ、普段は現れない精霊たちが跋扈《ばっこ》し始める。海を越えたこの島も、影響は少なくない。

双龍は三つの王家が大陸の覇権を争っていた。誰が次の王になったのかもわからないうちに治世が変わっていたこともある。そのせいかもしれないが、確かに襲ってきた精霊は弦月では見たことがないほど狂暴だ。

「……」

珠狼は敵陣を凝視した。

横に細長い陣形で、最も突入しやすいのは真ん中だ。だが上手くできていて、両側とも山の中央に位置している。山を登って横から襲うのは大変だ。

下手の森から順当に攻めていけば、いくらもいかないうちに精霊軍が迎撃してくるだろう。

逆にもし上手から狙うとしたら、軍は水晶鉱山の正面を通ることになる。しかも、背後はもうひとつの山が重なっていて、ここよりもっと道が狭い。たとえ軍勢を割《さ》いても、一気に進撃するのは無理だ。

ここは、順当に下手からいくしかないと思う。

――だが、押し切るには数が足りない。

細い渓谷で、左右から取り囲まれたら、数の少ない自軍に逃げ道はない。

珠狼はふと山の斜面に目が行った。

――あの壁面は、走れないだろうか。

斜面を走れれば、両側から攻めることができる。

草木も生えない、傾斜のきつい岩だらけの山だ。

だが、崖慣れしている騎馬隊なら走れないことはない気がした。

どこに脆弱性《ぜいじゃくせい》があるか、どこなら相手のふいを突けるか…目を凝らし、あらゆる攻撃をシミュレーションしながら睨んでいると、巨大な精霊の姿が現れた。

「精霊軍だ…現れやがった」

ミョウが呟く。

鯨の腹のような白い筋に、駐留軍の篝火《かがりび》が反射して、巨軀が紺色の夜空に浮き上がる。

その影はひとつ、ふたつと増えていき、十を超えて、幕屋の上は鱗雲《うろこぐも》のようだ。ミョウがいら立たしい声を上げた。

「あいつら、どれだけ呼んだんだ…」

一匹で山の壁をぶち抜いたほどの力だ。あの数で襲われたら、弦月軍は総動員しても勝てない。

――どうすればいい…？

脅威に、首の辺りが緊張する。篝火に照らされて、不気味な陣容を見せる精霊軍を見ていると、レイルがぽつりと言った。

「痛そう……」

あの巨軀にぶつかってこられたら、それは痛いだろうと思ったのだが、眉をハの字にしている様子は何か違っていて、珠狼は「何がだ？」と聞き返した。

「あの精霊が、とても痛そうなんです」

まるで、鉄の鎖で尾を縛られているように見える…とレイルは言う。

「精霊使いがそうやって縛っているのか？」

「たぶん…」

レイルがこくりと頷く。

――と、いうことは、逆に精霊使いさえ討ち取れれば、あの妖獣は襲ってこないのだろうか。

可能性を聞くと、レイルは考え込んでから口を開いた。

「…確実とは言えないですけど、でも、痛くなければ、たぶんあんなに怒ったりはしないと思うんです」

あの巨鯨の狂暴さは、〝痛み〟からきているという。可哀そうだと同情しているレイルを見ながら、珠狼は思いついた案を提示してみた。

レイルを、精霊を、戦の道具にはしたくない。

けれど、戦わずに人々を逃がすために使う力なら、許されないだろうか……。

「レイル、鉱山の入り口でやったように、精霊を集めて明かり代わりにすることはできるか？」

「え？　ええ、もちろん」

「ひとつふたつではない。何千という数でも、同じようにできるだろうか…」

「え…？」

戦は数が勝負だが、それが実数とは限らない。〝数が多く〟見えればよいのだ。多勢とみせかければ相手は怯む。相手を呑み込む勢いが、勝敗を決する。

夜目に松明を多く掲げて数を偽装するのは、古来からある戦法だ。

「捕虜のいる場所まで、兵を突進させなければならないが、こちらの数は四分の一にも満たない」

思ったより少ないとはいえ、相手は二万を超す軍勢だ。まともにやったら取り囲まれる。

「弦月軍は下手からしか進撃ルートがない。大軍で押し寄せているように見せかけて、まずは捕虜を救出したいんだ」

捕虜の奪還と並行して、少数で別働隊が一気に攻め上り、幕屋を襲う。

「捕虜救出部隊は陽動を兼ねている。数を多く見せて、相手を混乱させなければならない」

何か所にも散らばって、気を逸らしている間に精霊使いに近づいて討つ。

「筋書きだけで、上手くいくかどうかはわからない。だが、最悪、精霊使いを討ち取れなくても、捕虜を護衛しながら逃がすところまではやらなければならない」

「逃がすって、どこへさ?」

ミョウが突っ込んだ。珠狼は闇にそびえる巨峰を目で示した。

「水晶鉱山だ」

彼らを他の場所へ輸送するだけの馬も馬車もない。だが、鉱山の内部なら鉱夫たちのほうが勝手を知っている。逃げてきた地下水道のように、潜んでいられる場所があるなら、そこをフルに活用してもらう。

その後、自軍がどこまで焔弓の戦力を削げるかだ。

そう思っていると、レイルがはっと思いついたような顔をした。

「…みんながあの場所に逃げていけたら、僕、入り口を塞ぎます」

「できるのか?」

驚くと、レイルは頬を紅潮させて微笑んだ。

「はい! たぶん、できます」

水晶の精霊に、そういう力があるという。

「あの子たちは、水晶を生み出すので」

「……水晶で扉を作るということか」

捕虜が逃げ込んだ後に出入り口を封鎖してくれれば、山そのものが頑丈な砦になる。

「でもあの…上に空いた大穴までは、ちょっと無理だと思いますが……」

「いや、それでも地上から兵士の侵入を防げるだけでだいぶ違う」

「水晶で籠城《ろうじょう》か。ありがたくて付いて行きたいね」

ミョウの目は笑っているが、口調には本気さが滲んでいる。

精霊の攻撃を止められるかどうかは、精霊使いのところまで進撃できるかどうかにかかっている。

「…国境兵が来るまでに、戦略案を作成しておこう」

空に不気味に浮かぶ精霊軍は、焔弓軍を鼓舞するためのデモンストレーションらしい。陣容を見せつけるが、動く様子はなかった。

三人はモミの木を下りて地下の家に戻った。

◇◇◇

銀色の月が夜空に高く輝いていた。木々の間は雪が埋め、氷の粒がきらきらと月光に反射している。

珠狼はミョウの家の玄関を出て、凍る空気を肺深くに吸い込んだ。

ミョウたちに縮尺の正確な地図を提供してもらい、焔弓軍の駐留位置を描き込み、幾通りかの侵攻ルートを練った。後は、キシたちが到着してから詰める。

《…鉱山は、その後どうするんだ?》

ミョウの関心は、その後の水晶採掘だけではなかった。彼らも、年々厳しくなっていく寒冷化に、この暮らしが対応できるかどうかを危ぶんでいる。

彼らのことだけではない。救出したあとの鉱夫たちのことも考えなければならない。

決めるべき事柄がたくさんあるのに、珠狼はひとりになりたかった。

ふとした拍子に、心が沈む。

「珠狼さん？」

小さく軋む音を立てて隣の窓が開き、レイルが顔を出す。

「そっちに行ってもいいですか？」

「ああ…」

レイルはふわっと笑って頭を引っ込め、玄関扉を開けた。

この家は、雪に埋もれることを前提にしているから、玄関の前に板が張り出していて、そこが足場になる。今は地面が見えないが、夏になるとそこに縄梯子《はしご》を下ろして出入りするのだそうだ。

「はい…」

ふわりと外套がかけられる。振り向くと、レイルも同じものを羽織っていて、隣にすとんと座った。

「風邪をひいたら大変です」

「…ありがとう」

借り物の皮のフード付きマントは、レイルには大きくて首がだいぶ埋まっている。

「足はどうだ？」

痛まないか？　と聞くと、レイルはぷらぷらと足を振ってみせる。

「もう大丈夫です。添え木してもらったのがよかったのかも…」

「そうか…」

それきり、しばらくふたりで月を見上げていた。本当は焔弓軍に見つかってはいけないので、外に出ないほうがいいのだが部屋に帰りたくない。

「……」

けれど、ひとりで居たかったはずなのに、レイルが隣にいてくれるだけで、心が穏やかになっていく。

真夜中の森は物音ひとつしなかった。駐留地も、もう寝静まっているだろう。静けさの中で、山から吹き下ろす微風がふいに強く吹いて、枝に積もっていた雪が粉のように風に舞った。

そっと手が伸びてきて、レイルの手が髪に付いた雪を払う。

水色の瞳が微笑んだ。

「雪が付いちゃいましたね…」

――レイル……。

レイルは何も聞かなかった。ただ寄り添うように隣にいてくれ、珠狼は心がほどけるように、ぽつりと胸のうちを言葉にした。

「…わかっていても、人に嫌われるのは楽しいことではないな」

「珠狼さん…」

ずっと危ぶまれていたことだ。兆候も、根拠も、嫌というほどある。

珠狼は舞っていく粉雪を見つめた。

「兄たちと、仲よく育ったわけではないんだ」

むしろ、物心ついたときから、宮廷内はこの異母兄弟たちの確執が絶えなかった。本人たちではなく、母親や支持する貴族たちが代理戦争をして諍《いさか》いあう。

「それでも…身内に裏切られるのは堪える」

世継ぎの地位安泰を望む良琉那に憎まれるのは仕方がないと思っている。

「…二番目の兄は、焔弓との政略婚で生まれた子だ」

和議のしるしとして、弦月からは大公の遠縁の姫が嫁ぎ、焔弓からも王族の血縁の女性が第二妃として送られてきた。

「二番目の男子だからという以上に、斌崙兄上は、焔弓の血を受けているからという理由で、決して跡継ぎにはならないと言われていた」

本人もそれは幼い頃からわかっていて、だからこそ自由奔放に振舞っていた。どうせ即位はないのだから…と嘯《うそぶ》かれたこともある。

「私はさらに年下だ。お互い、世継ぎになることはない」

甘いことを考えたわけではないが、互いに出世レースから外れている以上、立場は同じだと思っていた。好かれはしなくても、こんな風に手痛く裏切られるのは予想外だ。

諦めようと、溜息をつく。

「軍事上、政敵を殺そうとするのは当たり前だ…」

斌綸が焰弓に寝返るにせよ、クーデターをたくらんでいるにせよ、いずれ三男の存在は邪魔になる。刃を向けてくることは必須だが、やはり現実になるとショックだ。

貴族や兵たちは自分を支持してくれるが、結局血縁者が珠狼を受け入れることは無かった…。

「落ち込んでいる場合ではないんだが…」

今は捕虜救出に専念できるが、その後ろには、必ず兄たちと対峙する瞬間がある。

ふわ、と頭に温かい手が触れた。

――レイル…。

「仲よく、したかったですよね…」

叶《かな》うはずのない言葉を、レイルが言ってくれる。

「……ああ」

争わずに生きたかった。洒脱で、芸術や文化を愛した父の治世を支え、他国を襲わなくて済むような国で居たかった。だが、レイルに言葉にしてもらったことで、珠狼は何か、自分の気持ちが整理できたような気がした。

夢で終わらせてはいけない。

――どんなときにも、希望の芽はある…。

今だけを見て、絶望してはいけないのだ。

「……一番いい決着がつくようにしたい」

はっきりとした答えがあるわけではない。けれど、王宮に戻れない自分にとって、この水晶鉱山は拠点になる予感がしてならなかった。

国境の山々は、焰弓と弦月の緩衝地帯だ。良琉那が弦月を継ぎ、斌綸が焰弓へと寝返るのなら、自分がここで両者の緩衝となれないだろうか。

漠然と〝独立〟という言葉が浮かんだが、実現性は何も無かった。

山ひとつでは何もできない。けれど、そう思うそばから、山間の渓谷で力強く技術を磨いていた、ミヨウたちのことが浮かぶ。彼らはたった十数世帯しかいないのだ。

土地の広さでもなく、人数の多寡でもなく、切り開ける未来はきっとあるのではないか。

ぼんやりと未来への希望を見出していたとき、レイルの声がした。

「前に、珠狼さんが〝死ぬな〟って、言ってくれたとき…」

レイルの瞳が月明りに輝いて、まるで宝石のようにきれいだ。

「僕も、あのとき目の前は辛いことしかありませんでした」

生まれ故郷には帰れない。龍の血を引いた自分を、軍事利用させてはいけない。

行く場所もなく、未来もなかった。

「でも、〝誰かを傷つけることもあるけれど、きっと、誰かを助けることもできるはず〟…そう言ってもらえて、僕はとても楽になりました」

そして、とレイルは急に頬をばら色に染めた。

「それに、あの…好きって、言って…もらえて……」

――レイル……。

ドクン、ドクンと心臓が鳴る。静かな夜に響き渡ってしまいそうだ。

はにかみながら見上げてくる瞳に、珠狼は釘付けになった。

「僕…も、好きです…」

「レイル…」

「僕では、お兄様たちの代わりにはなれないけれど……ぁ…っ…」

続く言葉を待たずに、珠狼はレイルを抱き寄せた。腹の奥から、熱い気持ちが迫り上がってくる。

「珠狼…さ、ん…」

――…レイル。

許してはいけないと思った感情を、抑えきれない。

胸の中を、幸福な何かが満たしていった。抱きしめたレイルの頬が触れ、珠狼はそのまま頭を掌で包んで唇を重ねた。

「……ん…」

甘い呼吸が漏《も》れる。レイルは拒まなかった。

やわらかな唇の感触がして、肩口の辺りをレイルの手が握り締めている。その体温に、珠狼は一瞬我を忘れた。

だが、同時にガラス窓をバンバンと叩く音がした。

「!」

「…!」

ふたりともはっと目を見開いて現実に戻る。

「おふたりさん。どうでもいいけど見つかると困るから、中入ってくれ」

「……ああ、すまない」

マントで赤面したレイルをミョウから隠し、珠狼は声を繕って返事をした。

レイルが真っ赤な顔のまま見上げてくる。ふたりとも気恥ずかしかったが、それでも、いつまでも見つめ合っていたかった。

幸せで、互いを見つめられることが嬉しくて、何故か笑いが込み上げてきて、ふたりで顔を見合わせたまま笑う。

「ふふ…」

色々なことがある。辛いことも、大変なこともあるけれど、レイルを愛し、応えてもらえたことが何よりも幸せだ。

——恋は、強さになるのだな。

誰かを愛したら、情に溺れて惰弱な人間になってしまう気がしていた。戦を前に、そんな感情を持ってはいけないと思っていた。けれど、本当は違うのだと思う。

レイルを愛する気持ちは、まるで杖のように自分を支えた。想いが通じ合った瞬間に、レイルや仲間、

兵たち、捕虜となっている民、全てを守ろうという気持ちが、一層増した。

誰かが傍に居てくれる。それが、勇気になる。

珠狼はレイルの手を引いた。

「戻ろう…」

「はい」

もう一度、風に粉雪が舞った。

◇◇◇

キシが国境兵を束ねて戻ってきた。総数は四千八百余だ。森より手前の山あいに四千の兵を待機させ、珠狼たちは地下を抜け出し、密かに待機兵との合流を図った。

珠狼の後ろには集落の人々十五世帯五十人と、鉱夫二十二人がいる。申し出てきたのは、代表者のミョウだ。

「色々考えたんだが、この暮らしは今が潮時かと思ってさ」

「ミョウ…」

「あんたが来なかったら、弦月に頼る気はなかった」

あの土地を取ったほうの支配下に入る…今までと同じやり方をしていこうと思っていた。だが、とミョウは眼鏡の蔓を押し直しながら笑う。

「あんたになら、技術提供してもいい。集落一致の結論なんだ。一緒に鉱山に収容してくれ」

「……わかった」

独立自尊の暮らしを捨てて、付いてきてくれるという申し出に珠狼は握手を差し出す。

「感謝する」

「なに、鉱山に入れば水晶は使い放題だし、俺はあんたに付いたほうが面白い未来になると思っただけさ」

ミョウはにやりと笑った。

決行は深夜だ。地下集落の住民たちは手早く荷物をまとめ、日が暮れると同時にキシたちに警護されながら軍の最後尾に入った。彼らは馬を持たないので、捕虜たちが救出されたときに、同時に鉱山に入ることになっている。

月明かりの下、狭い山あいは出撃の準備にあわただしさを増していた。

隊列を整える者、号令を後ろへ伝えるための兵士、上官たちは最前列に並び、声を潜めながらも人が行き交う。

珠狼は準備が整うのを待ちながら、隣にいるレイルを見た。

「レイル」

「はい」

振り向いたレイルはやわらかな笑みを浮かべている。珠狼は手を取って向き合った。

一緒に戦う。この一歩を踏み出してしまうことで、自分もレイルも後戻りができなくなるのだ。

「…本当に、いいか」

念を押すように言葉にした。レイルが宝石のような瞳をきらめかせて頷く。

「はい。お手伝いをさせてください」

これからもずっと…。いつの間にか、互いの両手を包みあうように握り締めていた。

黒いマントが風に翻る。珠狼は強く静かな目を向けた。

「私は王宮を追われた公子だ。戻る場所もなく、領地もない」

レイルがふわりと笑う。

「僕は、公子様ではなく、珠狼さんと一緒に居たいんです」

「レイル…」

珠狼は片膝で跪き、レイルの手に接吻けた。驚いているレイルに微笑みかけ、立ち上がる。

「約束する。共に暮らせる場所を創ろう」

「珠狼さん…」

必ず守り切る…言葉にせずそう誓った。

ここにいる兵も、ついてくると言ってくれた集落の人々も、全ての命を、自分は預かったのだ。

「殿下…、準備が整いました」

「よし…」

部隊長の言葉に、珠狼はレイルと共に陣の先頭へと出た。

主な作戦については、各百人隊長から事前に通達が行っている。分岐させた八百の部隊は水晶鉱山の正面へ回り、焔弓兵を捕縛して取り押さえる。目的は出入り口の占拠なので、もし相手が逃げだしたら深追いはしない。

駐留させるのは百人隊一個隊だ。残りは大きく山を迂回し、敵の精霊軍がいる上手へと回る。少数精鋭の彼らは、明かりを持たずに密かに意表を突いて襲うため、すでに出陣していた。

珠狼は引き出された黒毛の馬に乗り、本体四千の兵を見回す。

「……」

両側は険しく迫る山で、尾根がうねうねと上下しているせいで、列の途中は見えたり見えなかったりしている。細い山あいは、本来人が通れる場所でないため、隊は横隊にしているものの、斜めの崖に無理やり留まっている馬もあった。しかも細長いために、最後尾は後ろ過ぎて見えない。本当に無茶な場所での陣形だ。

事前の連携は綿密にしたが、超短期間での作戦だ。この状態で指揮系統が崩れたら、ただでさえ少ない軍勢はもっとバラバラになってしまう。

話す前に、手招きしてレイルを呼んだ。

「…？」

小首を傾げているレイルを抱き上げて馬に乗せる。

「聞いてくれ」

前列に並んだ士官たちは、騎馬のまま珠狼の言葉を待った。

「これから、捕虜となった鉱夫たちを救出し、水晶鉱山を奪還する」

珠狼の目の前には、黒い弦月の軍服がどこまでも続いて月明かりを受けている。

「敵の数は二万だ。そして精霊を軍隊として組織している」

厳しい状況であることは、作戦会議でも伝えた。

「だが、我々は精霊の加護を受けている」

レイルは微風に銀色の髪を靡かせている。敢えてマントは羽織らず、青い部族衣装のままだ。

レイルがいる。自分たちには、古代のような力ある精霊使いがいるのだ…兵はそのことに勇気を得ている。

「私とレイルが先頭を走る。これから精霊たちを順に後ろに送り出す。皆、その加護を戴き、全力で捕虜のところまで走ってくれ」

レイルのほうを向いて促す。

「レイル」

「はい…」

レイルは真剣な表情で頷き、すっと胸の辺りで手をさし伸ばした。ふわりと黄色ともオレンジともつかない球体が現れ、兵士たちはその出現に驚く。

皆、どよめきながら〝自分たちの精霊使い〟を尊敬の眼差しで見ていた。

レイルが両手を天へ差し出すように広げると無数の光が湧きあがり、風に流れるように、士官たちの後ろへと漂っていった。

「わあ…」

下級兵士たちが思わず感嘆の声を漏らして見上げる。レイルの両腕の、何もない空間から、まるで花束を抱えたように丸い光が次々と生まれ、タンポポの綿毛が飛ぶように後ろへ、後ろへと流れていく。

細かく作戦の全貌を話し合っていたはずの部隊長たちも、レイルの精霊使いとしての力を、圧倒されたように見つめていた。

半透明なやわらかい光の球は、人の顔くらいの大きさだ。どんどん流れていくが、やがて兵士ひとりひとりにまとわりつくように留まり始めた。

レイルがまだ湧き出し続ける光の束を抱くようにしながら話す。

「この精霊は、皆さんに付いてきてくれます。思いっきり走っても大丈夫ですから」

兵士ひとりずつに数個の割合で留まり、溢れていく精霊はさらに後ろの兵の上で漂う。やがて、山間部には光の大河ができ上がった。

精霊は兵士の頭上で高くなったり低くなったりして、本当に松明を掲げているようだ。

すぐ左に控えている匡が思わず声を上げた。

「すげえな。一気に五倍くらいに見えますよ」

兵士たちも興奮気味だ。精霊のほわりとした明かりに照らされて、目を輝かせているのが見える。珠狼は力強い笑みを刷き、レイルの肩に手を置いた。

「ありがとう。数はこのくらいでいい。光度を上げられるか」

「はい！」

たおやかなレイルの瞳が強く引き締まる。同時に、擦りガラスのような淡さだった光が、オレンジ色の炎のように揺らめいて輝いた。

うわあ、という歓声の中、珠狼はレイルと見つめ合った。少し恥ずかしそうに、レイルが微笑んでいる。

どこまでも一緒に行こう…そう眼差しで語り合えた気がする。珠狼はわずかに甘い笑みを返した。

「行こう」

「はい」

珠狼が馬首を巡らせて叫ぶ。

「よし、走れ！」

黒馬の蹄が岩を蹴る。弦月軍は雪崩を打ったように走り出した。

銀色の月は満ちた円を描き、濃紺の帳にオレンジ色の光の海が、生き物のように一直線に崖を走った。

森は雪で埋まっている。珠狼は山肌沿いの斜面を駆け上がっていく案を選択した。馬一頭分の幅すら、正規の道ではないから足場の保障はない。満月の下で、それは馬を操る者の技量を試される難所だ。だが、この道がもっとも敵に素早く近づける。

最初の騎馬兵千五百が、崖を上下八本の線に分かれて導火線のように焔弓軍へと走った。珠狼は風を切るようにレイルを抱えたまま先頭を駆けたが、レイルは走りながらまだ精霊たちを後続へと送り続けている。

「足元を、照らしておかないと」

「…助かる」

一生懸命後ろへ精霊を送るレイルの胴を抱える。

幸いにも今宵は満月だ。徒歩の兵も足元の岩が判別できるほど明るい。レイルはそこをさらに照らすように精霊を流したが、光りながら漂う精霊のおかげで、八本の線だったものはもっと無数の軍勢に見えた。

馬が崖を駆ける怒涛《どとう》のような音と、兵たちの鬨《とき》の声が渓谷にこだまし、焔弓軍の陣地が視界に入ったときは、敵兵は明らかに動揺していた。

――二陣は来ているか？

前方を見据えながら、わずかに視線を左に走らせる。焔弓の兵士たちが右側から来ている自分たちに気を取られ、慌てて武器を手に構えているところで、少し遅れて左側の山の斜面から、同じく八本の導火線のような光が走ってきた。予定通りだ。

「あっちも無事に来ていますね」

「ああ…」

二陣も、駐屯地まで来ると斜面を急降下して焰弓兵に向かっていく。前も後ろも光の群れで、大軍勢だと思い込んだ焰弓兵は、動転して機動力を下げた。

「殿下！」

匡とキシが左右を切り開き、前方への突破を促した。珠狼はテントが並んでいる宿営地を駆け抜け、雑魚には一切構わずに幕屋を目指す。敵の精霊使いを討ち取るのは、珠狼が担った。護衛には匡とキシが両翼に着いている。

後続の部隊は、勢いを上げて捕虜のいる柵を目指した。

目的は捕虜救出であって、焰弓軍を叩くことではない。余計な戦闘はせず、奪還後は全速力で鉱山の隧道に走り込む。敵が、弦月軍の実数を把握できないうちに終わらせるのが勝敗の鍵だ。

——急げ……。

幕屋に向かうに従って、行く手を阻む兵士たちが左右に出てきた。急襲したとはいえ、ここまで来ると構える時間が生まれてしまう。

剣を持って斬りかかってくる兵士を珠狼も刃先で打ち払い、片手で手綱を取りながら疾走する。

レイルは、騎馬で両側に追い組ってくる敵兵に、まるで泡を吹きかけるように小さな緑の光の粒を送って混乱させた。

うわあ、とのけ反って落馬する兵士を見ると、レイルが振り返って笑う。

「モミの木の葉っぱにいる精霊です。びっくりするけど、それだけです」

ヒュン、と剣が振りかざされ、珠狼はサッとレイルの頭を片手で庇って剣を薙ぎ払った。

あと少しだ。幕屋はもう見えている。そして精霊部隊ももう起動していた。

夜の空に、銀色の巨体が現れる。満月に晒され、鋼のような体面がぎらりと光った。

「…来た」

レイルの声が緊張する。だが、レイルは怯えてはいなかった。淡い瞳で周囲を見渡し、命令している者を探す。

「珠狼さん！　あれです！」

レイルが指さすほうへ馬の腹を蹴った。幕屋からは、焔弓特有の長いストールを被った男が走り出している。

頭をすっぽりと覆い、首から肩にかけてまわったストールは、さらに背中側から足元まで伸びる長さで、鼻から下は覆われていたが、エキゾチックな目元ははっきり見えた。

両側を衛士と思われる者たちが護衛している。

――さすがに、護衛は手練《てだ》れだな。

キン、と剣が打ち合う音が響き、ひとりが盾になっている間に精霊使いはもうひとりの護衛と共に逃げる。振り向きながら、天を指さすように掲げ、あの巨大な精霊を動かそうとしているのがわかった。

急がなければならない。あれが暴れたら、こんな狭い場所では敵も味方も区別できないだろう。

「殿下！」

背後からはキシが追い付いた。珠狼は断く馬の手綱を引いて一瞬止め、キシにレイルを渡した。

「レイルを頼む、離れていてくれ」

「殿下！」

珠狼は覇気の強い笑みを向けた。

「珠狼さん！」

カツっと馬首を巡らし、倒れている衛士を飛び越えて精霊使いを追う。どうやら精霊使いはあの巨鯨そのものに乗って逃げようとしているらしかった。

鉄色の精霊が一匹、地面を腹に着けるようにして待機している。近づいてみて初めてわかったが、この精霊には銛《もり》のようなものが何本も刺さっていて、精霊使いはそれに足を掛けて乗ろうとしているのだ。

——精霊を、人殺しの道具にするなど……。

「…下郎め」

ぶわっと殺気を上げ、珠狼は精霊使いの背中に向かって突進する。巨鯨は浮き上がり始めていたが、珠狼はそのまま馬を走らせ、鐙から足を外し、鞍を蹴り上げて精霊に刺さった銛に手を伸ばした。

「くっ…」

片手がかろうじて鉄の銛を摑む。足が宙を掻き、精霊使いが珠狼を蹴落とそうと、銛を摑んだ手を踏みにじる。

「…く…」

巨鯨は高度を上げ、手だけで摑まっている珠狼の身体が揺れる。

「死ね…」

「…っ」

精霊使いが残虐な眼を向けた。

珠狼は自ら足を揺らして反動をつけ、乗り上がるようにして精霊使いの足を蹴り、鯨の鼻面に着地する。

「うわっ！」

異国の精霊使いの顔が怒りで歪んだ。精霊使いの片手が伸びてくる。

「貴様…っ」

珠狼の足を摑もうとする手を、剣帯に挿してある細身の短剣を抜いて上から刺した。

「ぐあぁっ…！」

精霊使いの指が空を掻く。信じられない…という表情で、男は巨鯨から落下した。珠狼は彼が地面にあおむけに落ち、絶命するのを見下ろした。

同時に、精霊使いが縛《いまし》めていた力が解けていくのが見えた。レイルの言う通り、この精霊は鎖でがんじがらめにされていたのだ。

「……」

鋼のような皮膚の上から、透明な青い炎が揺らめき、蒸発するように消えていく。すると、精霊は本物の鯨のように高い声で鳴いた。

天空に、精霊たちの鳴く声が響き渡る。珠狼は鼻面に乗ったまま、その鋼色の皮膚に手をやった。

「そうか…悪かったな……」

珠狼はレイルのように精霊とは語り合えない。けれど、この精霊が自由になった身体を喜んでいるのはわかる。

「ついでに、これも抜いておこうか…痛いだろう？」

大人の脛《すね》ほどもある太さの銛を、珠狼は足を踏張って引っ張ってやる。精霊も力むようにして銛を弾き出し、少し左右に揺らして助けてやると、銛がブツリと抜けた。

二本、三本、と左右に刺さっていた足場代わりの銛を抜き、下に落とす。楽になった精霊は、また高い声を上げげた。

珠狼が鼻先を撫でて頼んでみる。

「悪いが、私を下ろしてくれないか。私は飛べないんだ」

これで駄目だったら、レイルに頼んでもらおう…そう思っていたが、気持ちは通じたらしい。前に襲ってきたときとは別な生き物のように、巨大な精霊はぶわりと風を起こしながら地面に向かってくれる。

「珠狼さん！」

地面に下りると、キシの馬から降りたレイルが走ってくる。

「大丈夫ですか！」

「ああ。無事だ」

駆け寄るレイルを抱え、空を覆っている巨鯨たちを見た。

「あれは、皆もう自由なのか？」

「はい…大丈夫だと思います」

裾を翻すような風が起き、地面に下ろしてくれた精霊も空へと泳ぎ始めた。胸元で、レイルがにこっと笑って小さく手を振っている。

「…元気でね」

「……」

妖獣だとしたら、それなりに人間は迷惑するのだろうが、少なくとも操られていたときほどの被害は生まないだろう。どうやらあの一匹がリーダーだったらしく、焔弓側の空に泳いでいくと、残りも次々に後を追って群になった。

「殿下、奪還が完了しております。こちらも撤退を」

キシが促す。駐留地はまだ焔弓の兵と自軍が入り乱れているが、逃走ルートを見ると、もう精霊の松明を掲げた護衛役たちが水晶鉱山に向かって動き始めている。珠狼も頷いて馬に飛び乗り、レイルを引き上げた。

「我々も急ごう」

「はい！」

テントが破られ、焚火が踏み消され、月光で見通しはいいが、敵味方の区別がつかない混戦状態だ。本来、こういう戦は双方に無駄な死者が出てしまうものだが、珠狼たちの軍は、戦うことが目的ではないのでむやみに剣を振るわない。おそらく、どちらの兵も被害は少ないだろうと思われた。

よく訓練されている百人隊は、部隊ごとに役割を分けて動いている。

敵の目をくらませるために焚火や篝火を消す役。真っ先に厩を狙い、囲いを外して敵の機動力となる馬を逃がす役。テントや布のあるものを切り裂いて、敵を足止めする役。これは、場合によっては油をかけて火を注ぎ、撤退する仲間を助ける役もする。

今も、無秩序に混乱させているように見せながら、幕屋側を担当する百人隊は、きちんと珠狼の退路を確保していた。

「お早く！」

「こちらです！」

珠狼は礼代わりに片手を挙げて走る。彼らはまだ撤収できない。

上手から回ってきた部隊は、ある意味この作戦でとても重要な役目を負っているのだ。

「頼んだぞ！」

捕虜の奪還成功を伝えながら走ると、彼らは力こぶを作って見せる。

「任しといてください！」

レイルも笑って応援の声をかける。彼らは、助け出した千を超す捕虜を養うための食料を、敵陣営から頂戴してくるのだ。

武勲などよりよほど大事な任務だ。

――なにせ、こちらは補給線を持っていないのだからな。

物資に困窮すれば、焰弓が一時撤退をするだろうという読みも含んでいる。物資調達の部隊は、他の部隊が陽動《ようどう》している間に、持てるだけの積み荷を奪って走る。

珠狼は笑って、レイルと籠城の準備を始めるために、ひと足早く水晶鉱山へと向かった。

飼い葉桶を蹴散らし、逃げ回る兵の間をくぐり、珠狼たちは地下水路へと走っていく捕虜たちと並走する。退避列は、捕虜を守る百人隊が等間隔で馬を走らせ、捕虜の盾となっていた。珠狼はそのさらに横を駆け抜けた。

「皆、無事か！」

「はい！　先頭はもう鉱山に入っております！」

途中途中に百人隊長がいる。珠狼が通り抜けると、隊長たちはしばらく伴走して戦況を伝えた。

右を見ると、精霊を掲げた兵たちが、焰弓軍を両側から森へ森へと追い込んでいる。陣地から引き離している間に、物資を奪取するのだ。

――あと少しもってくれれば成功だ。

もう、柵に捕虜はいない。あとは全ての人々が鉱山に入れば、この戦は終了する。

夜の渓谷はオレンジ色に揺れる無数の光が埋め尽くして、まるで冬に蛍の群れが飛び交うような光景だ。精霊の光に守られながら走る鉱夫たちは必死な形相だが、目に希望の光を宿している。兵たちは皆、珠狼の意志を汲んで、全員救出の使命感に燃えていた。

狭い地下水道からの入り口は捕虜のために譲り、珠狼たちは最初の夜に逃げ込んだ隧道へと回った。そこも各部隊から人が割り振られ、焔弓兵を蹴散らして鉱山内部への侵入を阻ませてある。

「こちらは大丈夫か？」

馬を止めて確認すると、兵士たちが敬礼した。

「正面、側面ともすべて押さえてあります」

「ご苦労だった。では皆も鉱山に入ってくれ。捕虜は地下水道から入る」

最後まで山の外にいると、締め出しを食らってしまう。笑ってそう言うと、兵士たちも破顔した。

隧道は、馬も頭を下げれば入れる。珠狼たちも降りて歩き、鉱山の中に入った。

水晶の精霊は、鉱山に入るとふわふわと半透明な淡い光に戻った。薄暗くなるが、まだ人々の頭の上を漂っていてくれる。

「うわあ、すごい。中、真っ暗ですね」

先に歩く兵士が、隧道から鉱山の内部に入って驚いている。その声も吸い込まれるほど、広くて暗い。だが、数日前経験している珠狼たちからすると、それほど暗闇ではなかった。

「…そうでもないぞ、星が見えている」

「あ、本当だ」

あの巨大な精霊があけた大穴のせいで、山の中腹より上ではぽっかり月と星が覗けた。ここから見ての大きさだから、実際は鯨一頭分以上の陥没なのだろう。

　そのおかげで山の中はやや視界が利いたが、それでも相手の顔が見える程度だ。

　あれほど輝いていた色とりどりの精霊たちの姿はなかった。よほどあの巨鯨が暴れたのだろう。山の外に飛び出していったままらしい。

　山肌の鉱石が月の光を反射するから、キラキラして見えるけれど、遠くなるとあまりよくわからない。

　ふと声に気付いて前方を見ると、遥か下のほうから水晶の精霊たちに囲まれて、捕虜や集落の人々が登ってくる。

「おおーい！　無事かあ」

「ああ、無事だ」

　手を振り返すと、ミョウたちが元気に歩いてきた。

　水晶の精霊たちは、鉱山の中に入るとみな儚げな光に戻った。消えていくものも多いが、人の頭の上をふわふわ漂っているものもいるおかげで、珠狼のほうに歩いてくるたくさんの人々が見える。

　集落の人々の後ろには、ボロボロの恰好をした捕虜たちが続く。部隊長たちが両脇についていて、珠狼を見つけると駆け寄ってきた。

「捕虜は全員収容いたしました。現在、食料調達部隊の最後尾が地下水道の途中まで来ています」

　山の中には入り切ったと言われ、見ると別な入り口からも兵の姿が続々と現れていた。

　兵は戦利品の積み荷を掲げて、こちらへ笑顔を向けている。珠狼は興奮している兵たちに、手を挙げて覇気のある笑みを返し、レイルを見た。

「ご苦労だった。…ではレイル、そろそろ閉じ始めるか？」

「はい…」

　ミョウはワクワクした顔をレイルに向ける。

「扉はうんと厚くしていいよ。厚過ぎたら、我々が削るからね」

「ふふふ…」

やわらかく微笑んで、レイルは辺りに浮かんでいる水晶の精霊に語り掛けた。

言葉にはならないようだった。レイルが瞳を閉じて精霊に同調すると、次の瞬間には、誰の耳にも聞こえるほど大きく、ビシっという結晶化した響きが起きる。

「…………もしかして、これ一発?」

「ええ。……?」

レイルが小首を傾げている。集落の人人は目を丸くしてレイルを見つめた。

「………あんた………すごいね」

驚き過ぎて、言葉が浮かばないらしい。

レイルは周囲の驚嘆にも気付かず、水晶の精霊を掌に乗せて丁寧に礼を言っている。

「焔弓の精霊使いよりすごいんじゃない?」

「そんな…あの、これは僕じゃなくて、この子たちがやってくれたことだから」

きらきらと粉のような光を纏わせたオレンジ色の精霊を指さすと、ミョウがふき出す。

「いや…そういうのを〝精霊使い〟って言うんだと思うよ」

「…あ……」

要は、〝命じる〟か、〝頼む〟かの違いだ。レイルは指摘されてようやく気付いたらしい。赤くなって恐縮している。

そんな無邪気なレイルが、心から愛おしかった。

珠狼はレイルの肩に手を置き、引き寄せて微笑む。

「ありがとう……皆を助けることができた」

「珠狼さん……」

◇◇◇

水晶鉱山と捕虜奪還作戦が完了した。

真夜中の鉱山は歓喜に満ちていた。山の中は暗かったが、皆の顔は輝いている。泥だらけで、捕虜たちは着の身着のままだ。けれど誰もが嬉しそうだった。

自由を得たのだ。鉱山を取り戻し、精霊の加護を得て焔弓軍を振り切れた。

「殿下、どうぞお言葉を…」

「皆が待っております」

部隊長や匡たちが、場所を探して岩の上への登壇を促した。騎馬兵も歩兵も捕虜を守るように外側を囲み、数千の人々が強い期待を込めて珠狼を見ている。

「……」

珠狼はレイルの手を取った。

「え、僕もですか？」

きょとんとするレイルに微笑む。

「当然だ。我が軍の大事な精霊使いなのだから」

レイルがいなかったら勝利はなかった。出自を言うわけにはいかないので黙ったが、精霊使いどころか、兵たちは自軍の守り神だと思っているだろう。

ふたりで切削跡の岩を上って、人々を見下ろす位置に着いた。

この公子についていけば未来がある…皆の瞳がその願いを宿して見上げていた。珠狼は力強い声を響かせた。

「兵士、集落の民、捕虜として耐え抜いていた鉱夫たち…全ての者に感謝する。よく頑張ってくれた」

うわああ、という歓声が上がった。彼らを見て、珠狼は自分の中でまだ固まっていなかった最後の決意ができた。

大公家は、領民の生活を守る義務があるのだ。

——私が、引き受けなければならない。

法を守ることは大切だ。だが、治めるに足らない器の良琉那に任せ、衰退する国に知らぬふりはできない。

「私は、この場所を自治領として、独立を目指す」

兄を倒すのでもなく、父の国を奪うのでもなく、鉱山という財を取引材料に、自治を交渉しようと思った。

「だが、道のりは長くなるだろう。楽観もできない」

まだ焔弓軍さえも退却させていない。珷綸の真意もわからない。

「都に戻りたい者は申し出てくれ。護衛を付けて送る」

そして、残留を決意してくれた者と力を合わせようと思う。それがどんなに少ない人数でも、彼らと共に、新しい自治領を作る。

――そしてそれが、いつか都の人々を救うことになるかもしれない。

もし、このまま良琉那と珷綸で全面戦争になってしまっても、ここに自治領があれば、民が避難できる場所を確保しておける。

――それが、大公家に生まれた自分の使命だ。

深い覚悟で群衆を見回した。だが、誰かがわあ、と手を挙げ、それは瞬時に津波のように珠狼たちに向けられる。

「珠狼殿下！」

「レイルさま！」

「珠狼殿下！」

わああ、と山の中に歓喜の叫びがこだました。レイルの名も混じって称され、皆、高揚して力いっぱい手を振っている。

最前列に居る上級士官たちも、ずらりと並んで力強く笑みを浮かべた。

「…皆…」

誇らしげに見上げてくる指揮官たちに、珠狼はレイルを伴って岩を下りた。待ち構えたように、黒い軍服姿の士官たちが珠狼を取り巻く。

「殿下にその気になってもらわなかったら、今度こそどうあっても説得するつもりだったんですよ」

「出ていくくらいなら、最初から出陣なんかしませんよ」

「匡……」

「この作戦を告げるとき、殿下に命を預ける覚悟のある者だけついてくるようにと、宣言してあります」

キシが隣に控え、鋭い眼差しに深い尊崇を込めて珠狼を見る。

「お立ちいただくのを、待ち望んでいました」

「我々はどこまでもついて行きますよ」

皆、豪胆な笑みを浮かべていた。

「本当に、いつそう言ってくれるのか、しびれを切らしていたんです」

「…はは、すまないな」

気さくに言いながらも、士官たちは真剣だ。

「このままでは、弦月は泥船ですからね」

「自治なんてまだるっこしいが、ま、それが殿下らしいですからな」

開戦派の言いぐさに、珠狼も苦笑いする。

「力づくでやるよりよほど大変だ。これからも頼む」

戦わずに粘り強く交渉する。忍耐も知恵もいる。

知恵袋と目しているミョウも傍に来た。

「…やっぱりね。あんたを選ぶと、面白い未来になると思っていたよ」

間違ってはいなかった…と笑い、集落の人々も口々について行くと喜んでいる。

士官たちは威儀を正しているが、身分を越えた心地よい一体感だった。

そして隣には、嬉しそうに微笑んでくれるレイルがいる。

幸せだった。これから先のどんな難局も、レイルと、ここにいる民のために乗り越えていこうと思う。

「デミ…」

タンの後ろから、デミが近づいてきた。脛当てや肩当てなど、戦装束をしている。珠狼は、戦闘が苦手であろうデミに、慰労を込めて微笑みかけた。

「ご苦労だったな」

「…し…珠…」

「どうした…?」

デミの声が震え、見開いた瞳は瞬きをしなかった。どうしたのだろう…と訝しむ。珠狼を見つめた両目から涙が流れ、そして一歩踏み出した。

——デミ…!

両手で握った剣と、絶望に縁取られた双眸《そうぼう》を見た。キシが数歩離れた場所から駆け寄り、まるで一瞬が永遠のように感じられた。

「珠狼さん!」

レイルの叫び声が、うわああ、というデミの咆哮《ほうこう》に重なる。レイルが庇うように前に出、珠狼がデミの剣を払おうとする。

だが、デミの狙った刃先は、初めからレイルの側に逸れていた。驚愕《きょうがく》する表情のレイルに、まるで作り物のように深々と剣が刺さる。

「レイル!」

白い身体がのけ反るように浮き上がった。

銀色の髪が揺れ、刺し貫いた剣が胸元を押し切り、珠狼は倒れていく身体に腕を伸ばした。

——…レイル!

時が止まったようだった。

歓声は無音に掻き消され、凍りつくように世界が固まる。

どさり、という音がやけに大きく鉱山に響いた。息を呑む気配が広がり、再び時が動き出すまでの一瞬が、果てしなく遠く長い。

…人々は、何が起こったのかわからないようだった。

驚愕に沈黙した後、群衆からは悲鳴が上がり、鉱山の中は怒号と混乱に包まれた。

珠狼は胸に深々と剣が刺さったレイルを抱きかかえ、匪が自害しようとしたデミを取り押さえる。デミは士官数人がかりで捕縛され、舌を噛み切らないよう、口に布を押し込められた。

駆け寄ってくる鉱夫や下級兵を士官たちが止め、キシが軍医の名を叫んだ。タンが庇うように珠狼の傍らを守り、その間、珠狼は何もできなかった。

腕の中に抱えたレイルが、信じられないように目を見開いたまま身体を痙攣《けいれん》させている。

まるで、何か悪夢を見せられているようだ。現実とは思えない。

――――…レイル。

声が出ない。周囲の叫びと、指揮官たちの怒号で騒然としているのに、自分だけが無音の世界にいる。


ビクビクっとレイルの身体が二、三度引き攣れ、軍医が駆けつけたとき、レイルの鼓動はすでに止まっていた。

「蘇生を…」

心の臓を押し、心拍を促す。仮死に陥った者に施す心肺蘇生をしようと、珠狼は腕に抱えたままレイルの胸にある剣の柄に手をかけ、タンの大きな手がそれを止めた。

「いけません殿下、大出血します」

珠狼は血走った目でタンのほうを向く。

そんなことはわかっている。剣を抜いたら血が噴き出してしまう。

だが…。

「鼓動が止まっているんだ！」

動かないレイルを抱え、喉が切れそうな叫びを上げた。

死んでしまう。レイルの命が消えてしまう…。

「蘇生を！」

ほとばしるような命令だった。だが、タンは絶望的な目で首を横に振る。

「無理です。この状態では…」

「死んでしまうんだ！」

「殿下」

珠狼の隣で、医師はそっとレイルの胸に手を当てた。脈打たない身体を丁寧に確かめ、茫然と見る珠狼に静かに語りかけた。

「レイルさまは、もう息をしておられません」

――何、を…言っている。

「心臓が止まっているのです」

「だから……蘇生を」

剣が刺さっている以上、無理に押すことはできない。頭のどこかが、冷静にそう言う。

医師の声が、まるで代弁するかのようだ。

「肺を貫いています。もし、万一蘇生したとしても、剣を抜いたら気道に血が入って、喉から血の泡を吹いて絶命されるだけです」

医師は、レイルの瞼を労るように指で閉じた。

レイルは目を開けなかった。

まるで、そのまま眠りについたように、レイルの顔は穏やかだ。

「お美しい身体のまま、見送りましょう」

「……」

珠狼は信じられない気持ちで医師を見た。

――嘘を……つくな………。

何故、彼らはレイルが死んだと言うのだろう。息をしていないだけだ。心臓が止まっているだけだ。

「……違…う…」

「殿下…レイル殿はもう……」

聞きたくない。聞こえない。レイルの身体はこんなに温かいのに…。

「殿下、どうか…」

だが、力の入れどころがないかのように、レイルの身体は手足がだらりと重い。鼓動の無い四肢が、ずしりと恐怖を連れてきた。

――レイルが…死…？

「殿下…」

皆が共謀して自分を騙《だま》しているのだと思いたかった。なのに、抱きしめた腕の中から、恐ろしい現実感が立ち上ってくる。

息をしない身体。魂のない静寂……。

「……」

自分だけが、呼吸をしている。

珠狼は表情を失い、かろうじて声を出した。

「……ふたりに……させてくれ…………」

誰も反対はしなかった。

◇◇◇

巨大な鉱山の内側に、上方から月の光が降ってくる。珠狼はレイルを抱きかかえたまま、動けなかった。士官たちは集落民や兵たちを静かに誘導して後ろへ下げ、距離を置いて警護している。

――何故……。

その言葉しか出なかった。

つい一瞬前まで微笑んでいたのだ。ほんの一刻前まで、馬を駆り、敵陣に突き進んで一緒に戦っていたのだ。

あの微笑みが失われるはずがない。何かの間違いだとしか思えない。

――…レイル…。

銀色の髪とやわらかな面差しが月明かりに浮かぶ。まるでうたた寝でもしているようだ。

独立も自治領も、全てレイルが一緒にいる未来だった。それ以外は考えてもいなかった。

それが…何故……。

「……」

何故デミが凶行したのかも、何が理由だったのかも、それすら知る気が起きない。ただ、突然ぷつんと終わってしまった時間を、認められなかった。

目を閉じたレイルをいつまでも見つめている。傾いていく月が、わずかずつ影を伸ばし、レイルの長い睫毛が濃く頰に影を落としていく。

足元は小さな鉱石が露出して月明かりを弾いているが、端のほうは闇に吸い込まれて見えなくなっている。

——真っ暗だ…。

精霊はいない。

レイルを慕って飛び回っていた精霊たちは、姿を現さなかった。まるで、魂の無い肉体を置いていくかのように、わずかな精霊たちもふわりと飛んでいく。

珠狼は精霊を目で追った。

夜空へと消えていく先で、銀の月が光を放つ。

珠狼はレイルを両手で抱き上げ、歩き始めた。

「殿下…！」

「来るな！」

背後の追い縋るような声を拒絶し、珠狼は鉱山の採掘跡を登る。

誰にも来てほしくない。ふたりだけでいたかった。

——連れていってやる。

死んだ者は、黄泉へと下っていくという。けれど、レイルをそんな世界に行かせるのは嫌だった。

レイルは精霊が飛び交う世界が似合う。

崖を踏みしめ、遥か上に空いた穴に向かった。

——戦う場所にばかり、連れて行ってしまったから…。

もっと幸せな生き方をさせたかった。守ってやりたかったのに、結局、危ない目にばかりあわせてしまった。

だから、せめて精霊たちの飛ぶ、美しい場所に連れて行きたい。

士官たちは止めなかった。珠狼はひとりでレイルを抱いたまま、山の中腹まで登った。

途中の道は、巨鯨が砕いた岩々が折り重なり、難儀はするが上に行く手助けになっている。

踏みしめる足元は、ところどころ鉱石が露出して冷たく光る。足音はがらんと広い山の中の闇に吸い込まれてしまい、奇妙に静かだ。

目を閉じたレイルは、まるで赤ん坊が眠っているかのように無垢な表情をしている。珠狼は物言わぬレイルに心の中で詫びた。

連れて来なかったら、死なずに済んだのではないか。国境砦で、もっと自分が強く止めておけたら…。自分がもっと自制して、レイルと距離を取っておけば…そうすれば、レイルは………。

――すまない………。


助けられなかった後悔、手が届かなかった瞬間…巻き戻らない時間が何度も脳裏に甦る。珠狼は心を突き刺す痛みに眉根を寄せ、振り払おうとしてレイルの微笑みを探し求めた。

「…」

だが、腕の中のレイルはもう珠狼を見つめることはないのだ。

レイルの身体は、怖いほど軽いのにひんやりと冷たくて、それがもう〝この身体は生きていないのだ〟と思い知らされる。

珠狼は目を逸らし、顔を上げてひたすら歩いた。

立ち止まったら、もうそこから先には進めないような気がした。ただ贖罪《しょくざい》のように、レイルを外の世界に連れていくことだけを己に課す。そうして歩き続けていなければ、自分を保てなかった。

やがて洞穴というには余りにも大きい空間が開け、山の外の風が吹いた。

「……」

ぶち抜かれた部分は、国境門をいくつも並べられるような厚みと幅を持っていた。高さも、門の数倍ある。

地底から見たときは、そう大きく見えなかったのに、いざこの場に来てみると、途方に暮れるほど広い。

眼前には近くなった月が真正面で輝いている。森は針葉樹が黒々とシルエットを連ね、遥か先の平原へと続いていた。

レイルを抱いたまま風に嬲られる。だが、腕の中の身体は何の反応も示さなかった。

――そうか…。

珠狼は、いつの間にか自分が蘇生を期待していたことに気付いた。精霊の飛び回る世界に連れていけば、もしかしたら彼らが助けてくれるのではないかと、無意識に望んでいたのだ。


――そんなことが、あるわけがないのに……。

死者は甦らない。それが自然の理であるとわかっているのに、珠狼は奇跡を願わずにはいられなかった。

けれど、死は覆《くつがえ》らないのだ。

「…レイル」

珠狼は名を呟いた。声に出すと、閉じ込めていた想いが怒涛のように胸に押し寄せてくる。

「レイル……っ……」

奥歯を噛み締め、魂の無い身体を抱きしめて堪えた。けれど、目の奥に熱い塊が込み上げて、珠狼はくずおれるように膝を突いた。

――何故私ではなかったのだ……。

命を狙うなら、自分を狙えばよかったのだ。レイルの命を奪われるくらいなら、自分の命を差し出したのに…。

「……っ……っ」

冷たい亡骸《なきがら》に顔を埋め、珠狼は肩を震わせて泣いた。

そのとき、ふわりと風に包まれた気がした。

名を呼ばれたような気がする。

——……。

冷えた夜気に、まるでそこだけ暖かなそよ風を連れてきたように、珠狼の周りはふんわりとやわらかい。珠狼はその気配に顔を上げ、濃紺の空を見た。

「……」

レイルの気配がする。空は星が瞬くだけだったが、目に見えるものではない、魂の気配だ。

「……レイル…?」

珠狼さん、と呼ぶ澄んだ声が聞えるような気さえした。幻かと思うが、けれど、どこか違う。

「レイル…いるのか?」

何もない虚空に呼び掛けた。

魂がそこにいる。珠狼は強い確信で叫んだ。

「レイル!」

もう一度逢《あ》いたい。魂がそこにあるのなら。

「戻ってくれ! レイル!」

姿も声も聞こえないが、珠狼には、レイルが戻りたがって手を伸ばしているように感じられた。

——レイル…。

まるで、ガラス越しに見つめ合っているような気分だ。

——いや…もしかしたら……。

本当にそうなのかもしれない。

珠狼は精霊使いではない。だが、大公家の人間は、皆、普通の人々より精霊の気配が読める。

——レイルは燭龍の子だ。

半分は精霊の血を引いている。

もし、その半分の血で魂が空を漂っているのだとしたら…。

「レイル!」

珠狼は片腕にレイルの身体を抱いたまま、空へ手を伸ばした。だが、突如ずしりと空気が変わる。

「…！」

畏怖とも厳粛さともつかない、荘厳な空気が辺りを埋め尽くし、珠狼は緊張に息を呑んだ。

――これは……。

何も見えない。けれど、はかりしれないほど大きな気配がそこに居た。虚空を覆う大きさだ。この存在感に比べたら、鯨の精霊など、小魚ぐらいにしか思えない。

何も無いのに威圧感が押し寄せてきて、珠狼は身動きができなかった。息をするのも、胸が苦しい。

「…く………」

目を眇めて虚空を見る。そして、珠狼は声ではなく〝意志〟を聴いた。

「………」

言葉としては聞こえない。怒りや喜びの感情が、場の空気で伝わるように、その偉大なる気配から意志が届く。

「…貴方は……燭龍なのですか」

命そのものに響くように、燭龍からの答えが流れてくる。燭龍は、肉体を失った我が子の魂を手にしていた。

珠狼は圧してくるような気配に向かって叫んだ。

「お願いします。レイルを私にお返しください」

無音の答えが響く。

《人の器は、龍の力には脆くて足らぬ……》

燭龍は我が子のことを語った。

龍の血を受けたレイルにとって、その力は大きすぎたのだ。脆い人間の身体では、その力を保持することも、発揮することもできない。

燭龍は案じるような響きを滲ませる。

《さりとて龍の器には、我が子の力は脆すぎる》

どちらの世界にも居られない…。

命の器を補うものが必要…。そう伝える燭龍に、珠狼は身を乗り出すようにして尋ねた。

「…何を、何があればよいのですか」

試すような視線を感じる。沈黙の後に、燭龍が答えた。

《寿命を…》

「寿命？　私のですか？」

龍が頷く気配がする。

《命を交わらせ、ふたつでひとつの命とする…》

龍の言葉に、珠狼は真っ直ぐ空を見つめて頷いた。

「…わかりました」

己の寿命をレイルと分かち合う。それでもいいのかと問い質す気配に、珠狼は静かに答えた。

「レイルと共に生き、共に死ぬということですね」

――本望だ…。

それで自分の人生が半分になってもいい。

「お願いします。レイルを私に返してください」

龍が、じっと自分を視ている気がする。

それは言葉ではなかったし、珠狼も声を聴いているわけではない。けれど珠狼は、苔藻の守り神と言われてきた燭龍の、思いもかけない感情に触れた気がした。

龍は、人の血を受けた我が子を案じていたのだ。

――……貴方は……。

燭龍は人を愛した。そして人と精霊のどちらの血も引いたレイルの行く末を案じた。

《我が寿命は、とうに尽きている…》

精霊たちは長い寿命を持つ。人はそれを神のごとく崇めるが、命あるものはいつか大気に還っていくのだ。

龍族とて例外ではない。

燭龍は何度も生まれ、そして寿命を終えて消えていく。この精霊は、すでに己の寿命を終えていた。

だが、燭龍は脆い我が子のことが気がかりで、今まで永らえ、留まっていたのだろう。

「私が、生涯をかけて彼を護ります」

レイルの命と自分の命は混じってひとつの寿命になる。命ある限り、彼と共に生きよう。

覚悟を告げると、龍がその爪に握っていた珠《たま》を放した気がした。

「…！」

魂が解き放たれ、ほわりとレイルの身体に魂が宿る。まだ身体が冷たいのに、珠狼にも、その肉体が命を取り戻したのがわかった。

「…レイル」

胸元の剣は、凍りついたように水晶で覆われ、パリンと音を立てて砕けた。

ことん、ことん…とレイルの身体に小さく鼓動が生まれていく。胸元が生者のあかしのようにほんのりと金色に光を放った。

――生きている……。

呼吸を取り戻し、眠りから覚めたように繊細な睫毛が瞬きで動く。珠狼は胸がいっぱいで話しかけることもできずに見つめていた。

「…珠狼…さん……」

きれいな水色の瞳が珠狼を見つめ、形よい唇が動く。

「…レイル……」

「…ぁ…」

それだけ言うのが精いっぱいで、珠狼はレイルを抱きしめた。

驚いたような顔をしているが、レイルの手がそっと珠狼の腕を抱き返している。

互いの存在を確かめ合うように抱き合った。

――よかった……。

「ありがとうございます……」

深く感謝し、燭龍の気配を振り返ると、龍の意志が厳《おごそ》かに響いた。

《対価を……》

我が子を護る見返りを望め…と促され、珠狼は真摯な眼差しで首を振る。

「何も要りません。私が望んだのは、レイルの命だけです」

ふと笑うように気配が和んだ。

《では、餞《はなむけ》を…》

視界いっぱいに広がっていた存在が、動いた気がした。珠狼は目を覚ましたレイルを抱いたまま、ふたりで身を寄せ合うようにして見つめる。

何もない、深い紺色の夜空だったはずの場所が、ピシピシと氷のように張り詰め、大空を埋めるほど巨大な龍の姿が現れた。

珠狼は目を瞠《みは》った。氷の彫刻のような龍の鱗が、月の光を受けて七色の虹をきらめかせている。

――何という大きさだ……。

視えていたのは、胴体の一部でしかなかったのだ。

燭龍は、その長い身体で山全体を取り巻いていた。目の前を大きな美しい鱗が、ゆっくりと流れていく。偉大な〝古き精霊〟は、月に向かうように空を泳いだ。

レイルも珠狼も、ただ見上げるだけで言葉も出ない。

水晶のように屈曲して輝くのに、炎のように揺らめいて見える鬣《たてがみ》、透明な結晶の鱗は硬質な輝きに照りかえり、神々しい髭が空に靡《なび》いた。

――まさに、神だ……。

守り神だと、珠狼は心から思う。精霊の島の主と言われた龍族は、まさに人知を超えた存在だった。

龍の體《からだ》が宙をうねらせて進むたびに、鱗が月の光を受けて輝く。それはさながら白き燭《ひかり》のようだ。

「……あ」

レイルが小さく声を上げる。

ぱりん…と空で何かが砕ける音がした。

燭龍の體から水晶のような鱗が一枚剝がれ、それを皮切りに、ぱらぱらと鱗が剝がれてゆき、水晶の鱗が、天の河のように夜空を流れる。

——龍が……。

レイルと抱き合う腕が強まった。龍は、消えていこうとしているのだ。

「……」

「……」

細かく砕けていく龍の鱗が、夜空を光の河のように埋めていく。鱗は翅《はね》のように風に乗り、珠狼たちのところに集まってきた。

何だ、と思う間もなく、それはキーン、しゃらんと音を立て、吸い寄せられるように互いに集まり、みるみるうちに巨大な結晶に変わっていった。

——……洞穴が、埋まる…。

夜に舞う花吹雪のように、きらきらと輝き、音を立てながら、燭龍の鱗は山の中腹に空いた空間を覆いつくし、眩しいほどに輝きを放つ、ひとつの巨大クリスタルとなった。

龍が消えた地平線から、黎明《れいめい》の光が真っ直ぐに差し、透明な結晶に照り返って輝いた。

クリスタルから屈折した光が、何倍もの輝きとなって闇に包まれていた山の中を照らす。

珠狼とレイルは、声が出ないまま、その光景を見ていた。

◇◇◇

レイルを抱いて戻ってきた珠狼に、人々は驚き、喜んだ。そして光を集め、山の中の隅々まで照らしていく巨大水晶は、文字通り鉱山の中に居た人々の希望の燈火《ともしび》となった。

だが、解決していない問題に、珠狼も匡たちも、心から手放しで喜べない。

捕えているデミはどうやっても自白せず、死なせてくれとしか言わないという。珠狼は処遇を促され、直接会うことにした。幕屋の中で、大事をとって寝かされたままのレイルは、自分も行くと言い張る。

「お願いです」

「まだ歩けないだろう」

レイルが、起き上がって首を振る。

「大丈夫です。デミさんに会わせてください」

「駄目だ」

「…珠狼さん」

そんな危険はないだろうと思うが、また命を狙われたらと思うと、レイルの懇願は聞き入れることができない。

間に合わせではあるが、珠狼たちの寝起きする場所として山の中の中央に幕屋が建てられている。デミは幕屋前まで連れてこられていた。

後ろ手に両手を縛められ、地面に膝を突いたデミは、俯いたまま珠狼を見ようとはしない。キシャや匡たちは、デミと珠狼の間で安全を確保するために構えている。だが、表情は複雑だ。

「……デミ。どうしてあんなことを」

——何故…。

珠狼も、ずっと仕えてくれていたデミが、何の理由もなく裏切るとは思えなかったが、デミは珠狼の問いにも答えなかった。

温情をかけようにも、ここまで沈黙を守られるとどうにもできない。どう説得するべきか思案していると、背後から声がした。

「デミさん」

「レイル…」

レイルは止めるのも構わずデミの前まで来て膝を折り、視線を合わせるように向き合った。

「デミさんが珠狼さんを裏切るわけがありません」

俯いて、視線を合わせようとしないデミの両腕を支え、レイルが語り掛ける。

「デミさんの意志ではないはずです」

「……」

「何があったのです？」

危害を加えられた本人から向けられた信頼に、デミも目を逸らし続けることができなかったようだ。

唇が震え始める。

「……母……が…………」

小刻みに肩が震え、ぼたぼたと涙が地面に落ちて染みを作る。

デミが地に額を擦《こす》り付けるようにくずおれた。

「母の命が………お許しください………」

呼吸を詰まらせ、デミが己の命をもって償わせてくれと懇願した。

デミは、斌60倫に母親を人質として捕えられているという。やがて、首に掛けた守り袋から、デミの母親の切断された指が取り出され、見守っていた匪たちも眉を顰めた。

「……伝令鳥に、これがくくり付けられてきて…」

一番最初は、国境へ向かう旅の途中だったのだという。寝袋や備品を調達しに、ひとりだけ珠狼たちと離れた際に、斌倫の差し向けた密偵が接触してきたのだ。

「彼らは、最初から珠狼さまを付けていたんです。そして、レイルさんのことを知って…」

デミの母の首飾りを見せて脅された。そのときは、ただ斌倫を裏切るような言動がないかどうかを教えろという内容だったとデミは白状する。

「珠狼さまやキシに喋ったら、母の命はないと言われました」

デミは悩んだ。だが、珠狼が斌倫を裏切ることはない。そういう自信があったからこそ、母の命を救うためにその質問に答えたという。

「そんなことを疑う必要ないから、母を返してくれと言いました。そのとき、少しレイルさんのことを聞かれて……」

デミは深く考えずに答えた。だがその夜、焔弓の精霊使いに襲われ、デミは自分が内通者になってしまったのではないかと怯えた。

デミは深い悔恨《かいこん》で視線を下げる。

「襲われてから気付いたんです。僕は、聞かれるままにレイルさんの特徴を喋っていました」

瑶蛉の密偵に話したのだ。繋がりはないはずだが、同じ日に襲ってきたことで、デミは自分の失態だと思い込み、パニックになった。

「僕が喋ったせいで襲ってきたかもしれないと思ったら、とても言えなくて……」

野営地まで密偵に付けて来られたことが、推測に拍車をかけた。

「伝令鳥も…王宮には飛ばしていないんです」

「なんだって？」

驚いたのは匡だ。

「……鳥は密偵が持っていきました。だから返信もきっと二通とも、瑶蛉さまが出されたんだと思います」

隣で剣を抜いたまま構えていたキシが眉根を寄せ、珠狼へ向き直る。

「気付けなかった私の油断です。申し訳ございません」

「いや…私も全くわからなかった」

誰のせいでもない…そう珠狼が言うと、デミは罪悪感で顔を歪ませ、地面にひれ伏して謝罪を繰り返した。

「言えなくて……すみません」

消え入りそうな声で詫びるデミを、レイルが労り、やわらかく問いかけた。

「…きっと、お母様のことだけではないでしょう？」

「レイル…さん……」

滂沱《ぼうだ》しながら顔を上げるデミに、レイルは少し辛そうに微笑む。

もしかして、情報と引き換えに珠狼を護ろうとしたのではないかと問うと、デミは堪えられないように隠していた事実を吐いた。

「……状況を知りたいだけだから、教えれば悪いようにはしないと言われました……もし隠し事をしたら、背信ありとみなして母だけでなく、珠狼さまも狙うと……」

ならば逆に彼らに従ってみせ、焔弓の精霊使いと何か繋がりがあるのか、珷輪たちの狙いは何なのかを探ろう…デミは密偵に見つかるという失態を挽回しようとして、独断で動いてしまった。

「でも、自分で何とかしようと思ったのが間違いでした」

密偵の要求は、それだけに留まらなかったのだ。

「結局、焔弓の精霊使いのことすら聞き出せませんでした。逆に、珷輪さまの密偵に、レイルさんの弱点を探せと命じられて…」

珠狼は、そう言われてようやく、デミが妙にレイルにあれこれ接近していた理由を理解した。

――あれは、確かに少しおかしかった…。

いつものデミらしくないと思っていた。けれど、相手がレイルだったから、自分が気にし過ぎているのではないかと思って、冷静な判断ができなかった。

「…僕、は…レイルさんが精霊使いだから、その力を探ってるんだと、そんな風に推測しました」

デミはある意味、レイルの情報を流すことは、珷輪への牽制《けんせい》にもなるのではないか…そう考えたという。

「弱みになりそうなことは言いませんでした。作戦に関わるようなことも…。でも、レイルさんを殺すように言われて…」

レイルの、精霊使いとしての力を喧伝《けんでん》したつもりだったが、彼らはデミの聞き出した情報や何度かの接触で、レイルの弱点を見抜いたのだ。

レイルは精霊の協力を得ることができる。そうやって戦うことはできるが、肉体はごく普通の人間だ。人として、ごく普通に刺されたりすれば、あっという間に死んでしまう。

「それだけはできないと思いました。でも、もうそのときは珠狼さまにもキシたちにも、僕の裏切りは告白できなくて…」

今さら言うには遅すぎるタイミングだった。そして殺される覚悟をしながら、黙ってその暗殺命令に背き続けているときに、デミの元に伝令鳥が来た。

「…指輪を嵌めた母の指が入っていて……彼らは本気なんだと……」

干からびた指を前に、デミは母を見殺しにできないと思った。

「…お許しください……僕は……どうしても…」

レイルがそっとデミの頭を撫でる。

「…ひとりで悩んで、辛かったですね」

「レイルさん…」

レイルが珠狼のほうを向いた。

「どうか、許してあげてください」

「レイル…」

被害者のレイル自身が、デミの状況を周囲に代弁していた。助命を嘆願するレイルに、デミは涙でぐしゃぐしゃの顔を向ける。

「レイルさん…僕は、そんな風に言ってもらえる資格はないんです」

「そんな、デミさん…」

死んで楽になりたいというデミに、珠狼はレイルの隣に片膝を突いて向き合った。

「お前の母君はまだ生きているはずだ。お前が死んだら、母君はどうする」

「珠狼さま…」

匡が淡々と状況を分析し、助命に加勢する。

「そうだろうな。お前を動かす大事なコマだ。そう簡単に殺さないだろう」

「殺してしまったら、今度はデミの怒りが斌倫殿下に向くわけですから…負傷はされていても、生きているはずです」

キシも同意して補足した。

「私を思っての行動だったのだろう?」

「珠狼さま…」

「気付いてやれなかった私の責任だ」

「……珠狼…さま……」

涙を流しながら、デミが深く頭を下げた。珠狼はそれを見ながら反省した。

自分が冷静ではなかったから、デミがつけ入られる隙が生まれたのだ。己の感情を否定する気はないが、レイルに気を取られていた自分の落ち度は小さくない。

もっと自分がデミの変化に敏感に気付けていたら、防げたことだ。キシも同じ気持ちだったのか、異論は唱えなかった。

「……一生…僕は一生、命をかけて償います…」

震える声でデミが誓い、見守っていた士官たちもホッとしたように息を吐いた。珠狼は空気を切り替えるように振り向いて指揮した。

「もう一度王宮と北の国境線へ様子を探りに人を出そう。デミの母君も救出しなければならない」

南の国境門から派遣した密偵たちは、いまだに戻ってきていない。消された可能性は十分ある。しかも、何もかも斌倫が監視していた上でのことなら、迂闊には動けなかった。

「鉱山の守りも強化しよう。状況によっては、本腰を入れた籠城になる」

鉱山の前にあった町は、焔弓軍に焼き討ちされていた。焔弓軍は退却していたが、滞在の長期化に備えて食料調達からインフラまで、早急に計画を練らなければならない。珠狼は笑ってぽんとデミの背を叩き、腕の縛めを短刀で切った。

「忙しくなるぞ。存分に働いてくれ」

「…はい…っ」

「作戦会議を開く、招集してくれ」

珠狼は立ち上がり、士官たちはザッと敬礼でそれに応えた。

◇◇◇

巨大クリスタルが光を集め、鉱山の中は夜でも隅々まで見えるほどの明るさだった。まして昼ともなると明るいだけでなく、水晶が太陽の熱を集め、鉱山の中は半袖でもいいくらいに温かい。

人々はこの場所を拠点とするために、仮設の住居や水路の整備、区画の配分を始めた。屋根がなくても住める場所だが、本格的に住み続けるための開拓が始まっている。

兵たちはいくつかの班に分かれた。ある部隊は塞がれた巨大クリスタルの隣を削って、安全な山の上部からの出入り口を建設し、別な部隊はミョウの指揮の元で、山の内側の壁沿いにくり抜き住居を掘る。掘った残土は一か所に集められ、水晶鉱夫たちによって鉱石と土に選別された。

襲撃への警戒は怠《おこた》らないものの、瑊崘や王宮の状態がわかるまではこちらも動けない。徐々に鉱山の前に広がる森への食料調達も始まり、山の中は基盤となるインフラ整備のために、建設の槌音《つちおと》が響いていた。

珠狼は一通り視察を終え、ひとりで天幕に戻った。巻き上げてある天幕の入り口を覗くと、中ではレイルが女性に薬草を手渡している。

子供が熱を出したらしい、集落から付いて来た女性が、幼児を片腕に抱いて、煎じ方を教わっている。

珠狼はそれを天幕の入り口に立ったまま眺めていた。

「こちらは熱さましです。でも、まだこのくらいの熱なら様子を見ていても大丈夫ですよ」

夜中に熱が上がるようだったら、飲ませてくださいとやわらかい声が言う。スカーフを顎下で結んだ女性はありがたそうに何度も頷いた。

「よかった…丈夫な子なのに今日は大人しいから心配で……」

「ぐったりしていたら、何時《いっ》でも連れてきてくださいね」

「はい…」

ぺこぺこと頭を下げ、立ち上がってようやく珠狼に気付く。

「あ、珠狼さま……お邪魔しております」

「ああ、発熱か？」

指しゃぶりをしている幼児の頭を撫でると、母親は嬉しそうな顔をした。

「はい。でもレイルさまにお薬をいただいたので、もう安心です」

「そうか。大事にな…」

「はい」

子供にも頭を下げさせ、女性が深くお辞儀をして出ていった。珠狼はそれを見送ると、ばさりと巻き上げていた天幕の入り口を下ろす。

「珠狼さん…？」

「店じまいだ」

そういうと、きょとんとして見上げるレイルを抱き上げた。

「あ…あの……」

「自分が病み上がりのくせに、他人の看病をし過ぎだぞ」

「大丈夫です…わ…」

ジタバタするレイルを抱いたまま、天幕の奥にある寝床に連れていった。

鉱山の中央に設置された珠狼のための天幕は、木組みされた八角形の大きなものだ。ここは司令塔も兼ねているので、作戦打ち合わせ用のテーブルもあるし、珠狼とレイルが寝起きするための寝床もある。だが、同時にレイルの仕事場にもなってしまい、すでに仮設の棚には国境砦から持ってきてもらった薬草がずらりと並んでいた。

「珠狼さん、あの、あの…おろして」

「駄目だ」

「珠狼さん…」

恥ずかしそうにレイルが身をよじる。珠狼はそれをがっちりと抱き留めた。

「…ぁ…」

「放っておくと、ずっと動き回るだろう」

「…だって…」

ゆっくりと、羽根と藁を詰めた寝袋の上に下ろす。旅に使う簡易なものと違って、十分ふたり眠れる程度の厚みと幅がある。珠狼は寝袋の上に下ろしても、レイルの背を抱く手をゆるめなかった。

「まだ怪我も治っていないのに、無茶をするな」

「もう治ってますよ。治るのだけは早いんです」

抱きしめたままでいると、レイルが微笑んで甘えたように寄りかかってくれた。

ぬくもりを味わいながら、ずっと抱きしめていられる…珠狼にとって、このわずかな時間が至福のときだ。

「珠狼さん…」

やわらかな頬が首筋の辺りに寄せられ、甘苦しいほどの幸福感と、抑えがたい衝動が心の中を行き交う。

そっと唇を塞ぐと、レイルはわずかに肩をすくませるが、身を任せてくれる。その感触は、時々耐えがたくなるほどの渇望を生んだが、現状ではこれが想いを交わせる精いっぱいだ。ふたりきりでいられるのは、一日のうち、ほんのわずかしかない。

決めることは山ほどあった。昼のうちにミョウたちと土木工事を進め、夜はこの天幕に集まり、計画を練って何時間も議論を重ねる。さらに今後、王宮と琉輪の状況がわかったらどう動くか、様々な検討が繰り広げられ、議論は朝まで続くことも少なくない。

皆、熱気と活気に満ちていた。少々の寝不足などそっちのけで新しい〝自治領〟構想に燃えている。

珠狼も、自分たちの手で作っていくこの場所を想うと胸が高鳴る。ふたりきりの時間が取れないのは、仕方がない。

――レイルが生きているだけで奇跡なのだから。

それを思うと、不満などとても口にはできない。

けれど、自制しながらも、レイルの甘い吐息が耳を掠めると、忍耐はさらに必要になる。


「…ん……」

上着がぎゅっと握り締められ、レイルの姿に、珠狼も一瞬感情が沸騰しそうになった。

――…レイル。

思わず強く抱きしめてしまったとき、バタバタと駆けてくる気配がした。レイルは、はっと我に返って腕を離し、同時に背後で天幕の入り口が開く。

珠狼は苦く眉を顰めた。邪魔が入ったことに、ホッとしたような残念でならないような、複雑な気持ちだ。

「失礼します！　殿下はおられますか」

「ここだ…」

入ってきたのはキシだった。だが甘い未練は、キシの言葉で吹っ飛んだ。

「琉輪殿下が来られました…」

「…なんだと…？」

キシは険しい視線で報告する。

「焔弓軍を率いて、鉱山正面に来られました。正式な使者だと…」

――……兄上が。

会見を要求していると言われ、珠狼はレイルを伴って、巨大水晶が嵌った鉱山の出入り口へと向かった。

◇◇◇

瑸綸は千を超す焔弓兵を従えて対峙《たいじ》していた。珠狼は巨大水晶の脇に作られた入り口からそれを見下ろす。

「……」

騎馬隊が横陣形を取り、焔弓の深紅の旗が炎のようにいくつもはためいている。瑸綸は部隊の前にいて、両脇は長槍を構えた装甲兵に守られていた。数は少ないが、鉱山に占拠していた兵に比べると、武装が格段に重厚だ。

珠狼は馬上から平然と見上げてくる瑸綸を前に、怒りが湧き起こるのを止められなかった。

グッとこぶしに力が入る。瑸綸が謀《はかりごと》を起こさなかったら、デミは苦しまずに済んだのだ。レイルが死に瀕《ひん》することもなかったし、そもそも鉱山が焔弓に占拠されることもなかった。

――兄上…何もかも、貴方の……。

今さら、何をしに来た…込み上げる感情にこぶしを握り締めると、レイルの手が背中を宥めた。

「……レイル」

「お兄様は、話し合いに来てくれたんですよね」

念を押すように言うレイルに、珠狼は眉根を寄せる。

「…」

もう瑸綸の言葉を信用できない。

「珠狼さん」

「私は、そこまでできた人間ではないんだ」

周りがどんなに珷輪を危険視しても、兄弟として兄を信じ続けた。なのに彼はそれを平然と裏切ったのだ…。

やり場のない気持ちを噛み締める。しかし、後ろに控えていたキシがそれを諌めた。

「しかし、会見を拒絶されるのは愚策かと思います」

「キシ…」

「そうですよ。一応、相手は焔弓の旗を掲げた正式な使者だ。斬るにしてもそれなりの覚悟が要ります」

匪の言葉に、珠狼も憤った感情を鎮める。様子を見に来たミョウが眼鏡の奥でにやりと笑った。

「許す必要なんかない。むしろ、交渉する相手とは、常に緊張感があるくらいがいい」

――――交渉相手…。

ミョウは冷ややかな視線で焔弓軍を見やる。

「向こうが策を弄《ろう》してくるなら、こちらも利用してやればいい。相手が悪党なら、こちらも気兼ねが要らなくていい」

「…ミョウ」

「大事な戦略の駒です。ぜひ、会見を…」

馬上の珷輪は、白地に金の刺繍が施された焔弓王族の衣装を身に纏っている。足元までの長い衣に黄金のサッシュベルトを締め、肩にひらめいている翅織のストールだけが、目に慣れたものだった。

珠狼は生命力と野趣に満ちた兄を見た。

心は穏やかではない。だが、話し合いをするべきだというのもわかる。部下たちの忠告通り、彼は焔弓王国の正式な使者なのだ。

「……わかった。会見には応じよう。ただし、入山するのは兄上ひとりだ」

そうでないなら、話し合いには応じない。そう告げるように伝えると、キシが頷き、できたばかりの崖路を下りて焔弓軍へ向かった。

策略家の兄だ。素直に応じると思っていなかったのに、珷崘の馬はすんなりと隊列から離れ、やがてキシに先導され、本当にひとりで山の中腹へと上がってきた。

兵たちは整然と国境兵に対峙したまま待機している。珠狼は、珷崘を山に招き入れた。


「……」

「怒ってるか…まあ、そうだな」

珷崘は天幕の中で平然と胡坐をかき、覇気の強い笑みを浮かべる。珠狼はその向かいに座り、悪びれない兄を睨んだ。隣にはレイルが心配そうに座っている。

会見は珠狼の天幕で行われた。単身で、という条件通りだったものの、どんな裏があるかわからず、キシやタンも同席を願ったが、それには珷崘が応じなかった。

「武器は預ける。そんなに心配なら、精霊使いを同席させればいい。駐留軍を追い払ったほどだ。俺ひとりぐらい首は掻けるだろう」

命を狙われた相手だ。珠狼としては呑みたくなかったが、レイルも頑固に一緒に居ると主張し、仕方なく天幕で三人だけの座を設けている。

「どうしても、お前以外に聞かせられない話もあるんでな」

「…」

天幕の外には幾重にも警護が取り囲んでいる。異変があったらひと声で幕が切り裂かれ、兵が飛び込んでくる。珷崘もそれぐらい承知しているだろうが、特に恐れる風もなく、形式的に置かれていた酒の椀に手を伸ばす。

「初めから、全て俺が仕組んだことよ…」

険しい珠狼の視線を流し、珷崘は酒を呷《あお》った。

「鉱山を奪《と》られたと言えば、良琉那は必ず出撃を言い出すだろうと思ってな」

おそらくそのついでに目障りな異母弟ふたりを始末することも考えるだろう…。珷崘はそう予測していたと言う。

「俺にもお前にも、多少は兵を増援させると思っていた。だから、手薄になった都へ焔弓の兵を使って乗り込めば、制圧は可能だと読んだんだ」

——やはり…貴方は……。

珠狼は眉根を寄せた。

「…いつから、焔弓と通じておられたのです」

珷崘が皮肉な笑みを浮かべる。

「そう悪者にするなよ。母方なんだ。何時からかと言ったら、生まれたときから誼《よしみ》はある」

ふい、と珷崘は視線を流した。天幕の布は厚みがあるが、眩《まばゆ》く光を注ぐ巨大なクリスタルがある方角は、陽光が透けて天蓋全体を明るくしていた。

珠狼は、何故か珷崘の考えを聞いてみたくなっていた。

確かに、珷崘のしたことは許せないし信用ならない。だが、逆に珷崘が何のためにわざわざ自分に話しに来たのかを知りたい。

珷崘は気負わず、まるで世間話でもするように話す。

「最初は、開戦したあと母方の縁者のほうから近づいてきたんだ」

戦の初めは弦月のほうが優勢だった。このまま進撃されたらと危ぶんだ焔弓の親戚《しんせき》が接近してきたという。

「俺も、どっちに転んでも自分が有利なように愛想を返していただけだった。だが、形勢が逆転した辺りで、俺は自分の身の振り方を考え直したんだ」

「…」

「あの馬鹿母子《おやこ》に任せておいたら弦月は滅びる。琉那妃を諌められない親父《おやじ》も同罪だ」

焔弓の軍を借り、良琉那を討つと決めた。

「ですが、それで大公の座を得ても、傀儡《かいらい》でしかないでしょう」

「まあ、向こうはそう思うだろうな」

珷崘は勝手に手酌で酒を注ぎ足した。

「俺もそう思わせておきたかった。焔弓との軍事力の差は歴然としてる。その上向こうは精霊軍を抱えていたからな」

兵ではとても歯が立たないだろう巨大な精霊を思い出し、珠狼も苦い表情になる。

「まともにやったら勝てない。だから、まずはあちらの下に与《くみ》するという形にした。寝返る手土産《てみやげ》としてこの鉱山を差し出したんだ」

どこまで焔弓が信用したかはわからないが、と言う珷崘に、珠狼が反論する。

「信用がなかったら、精霊軍までは貸さないと思います」

「そうでもないさ。精霊軍は焔弓にとっても夢物語だった。俺は、むしろ実験台に使われたのさ」

珷崘は酒を味わいながら嘯《うそぶ》く。

「実際、張りぼてだっただろう？　レイルひとりの力に勝てないほどだ」

「レイルは軍でも兵でもありません」

「だが、燭龍の子だ…」

「…」

レイルの出自を指摘する珷崘に、珠狼は座したまま静かに構え、レイルを庇うように引き寄せた。

だが、珷崘は眉を顰めて溜息をつく。

「計算違いは、お前がレイルを拾ったことさ…」

――え…？

「龍の子さえ手に入れれば、精霊軍など恐れるに足らんはずだったんだ」

大人しく傀儡大公になると見せかけて焔弓の精霊

使いにレイルを探させ、手に入れたらそれを元手に焔弓を襲う…珷綸は自分の計画を暴露しながら、肩をすくめて苦笑した。

「この秘策を見つけ出すのに、俺がどれだけ金と手間暇をかけたか…それを、お前はただ雪の中で行き倒れていた男を拾っただけで手に入れたんだ」

「そういうつもりで助けたわけではありません」

「そうだろうよ。お前はそういう奴だ」

珷綸は半ば呆れたように、そして面白そうに珠狼を見る。それはいつも軽口を叩いてからかう、かつての珷綸そのもので、珠狼も不思議と懐かしい気持ちになった。

「……お前を見殺しにして、良琉那を討って、俺は大公になるつもりだったのに」

「兄上…」

「何もかもが計算違いだ。笑うしかないだろう…」

珷綸はお手上げ、と言うように両手を開く。豪胆で、合理的に駒を進められるはずの珷綸の、意外な顔に珠狼は戸惑った。

「…」

珷綸は変わった。何が、どう変わったのか上手く言えなかったが、少なくとも今までの情け容赦ない果断さから、何か角が取れたようなやわらかさが生まれている。

これも、兄の見せかけの戦略なのだろうか…そう疑ってみるのだが、疑いきることもできない。

——何故だ？

珷綸が、静かに口を開いた。

「…殺しに来た五百の兵を捕え、俺は都に戻った」

だが、そこで見たのは血だらけの玉座だった。

その告白に、珠狼は息を呑んだ。珷綸は陰りを含んだ目で無理やり笑いに濁す。

「おかしいだろ…自分で手を汚すつもりだったのに、いざ血だまりにいる父親を見ると、殺した奴に怒りが湧くんだ」

「…誰が、父上を」

「琉那妃さ。お前と俺を始末しようとしたことがばれて、もみ合いになった挙句、親父と刺し違えたらしい」

――――…父上…。

レイルがぎゅっと手を握ってくる。斌輪は苦い表情で椀の酒に目を落とした。

「あれでも、一応父親としての感情はあったらしい。特にお前を狙ったと聞いて、親父は激高して琉那妃に手を掛けたようだ」

第三妃は胸を刺され、大公は頸動脈《けいどうみゃく》を切られて、互いにこと切れた。

「お前は死んでないし、燭龍の子はすっかりお前に懐いてるし、その上俺は弦月には戻れない…つくづくこの国に縁がないんだな」

「…戻れない、とは？」

どういうことだろう。大公を弑《しい》たらしめたのなら、斌輪は弦月を手に入れたのではないか…と訝しむと、斌輪が珠狼と向き合った。

「嫁と子ができたんだ。俺は焔弓の人間になる」

「それは…」

獰猛なほどの覇気を持つ斌輪が、熱い目にやわらかな感情を滲ませる。

「焔弓王のひとり娘だ。腹の中に子がいる…」

「…！」

照れを隠すように、斌輪は饒舌《じょうぜつ》に話した。

「最初は保険のつもりだったんだ。王の娘を籠絡《ろうらく》して手懐けておけば、操れて便利だろうと…」

上手くいけば焔弓と弦月、両方が手に入るかもしれない…そう思って近づいたという。

「だが、馬鹿なことに仕掛けた俺のほうが落ちてな」

誤魔化《ごまか》して笑うが、何だか幸せそうで、惚気《のろけ》を聞かされているようだ。

「報せが来て…まさか孕《はら》むとは思わなかった」

とんだ誤算だ、と珹綸はうねりのある髪を掻き上げる。

「たかが女ひとりのために生き方を変えるとは思わなかったが、まあいい…大公でなくても、ゆくゆくは焰弓の王か世継ぎの外戚だ。悪い人生じゃあないさ」

珹綸は表情を引き締めて、珠狼を見る。

「休戦協定を結びたい。勝手な話だが、あいつが焰弓を捨てられない以上、俺が弦月を捨てるしかないんだ」

「兄上…」

焰弓王の子は王女だけだ。もし珹綸が弦月大公となっても、王はひとり娘を国の外には出さないだろう。珹綸は、焰弓王女の夫になる選択をしたのだ。

「馬鹿な男だと笑っていいぞ…だが、休戦交渉はさせてくれ。これは手柄として舅殿《しゅうと》に持って帰りたい」

「しかし、それは私に言うことではないでしょう」

珹綸の意志を疑うつもりはないが、鉱山に立てこもっている自分に言うのは筋違いだと思う。だが、珹綸はにやりと凄みのある笑みを見せた。

「良琉那は正当な報復として俺が討った。事実上、弦月の後継者はお前しかいない」

「な…」

「感謝してくれよ。俺がお膳立てしたも同然だ」

まるでお前のために状況を整えてやったようなものじゃないか、と言って珹綸は豪快に笑い、真剣な眼差しに戻る。

「急いで王宮に戻ったほうがいい。今、弦月は無政府状態だ。ま、放っておいてもお前の斥候が貴族どもを連れてここへ訴えにくるだろうがな…」

その前に休戦協定を結びたいと言う。

珹綸の申し出に、珠狼は考えてから答えた。

「休戦については、私も同意見です。ただ、締結にあたっては、条件を検討させていただきたい」

内部で話し合い、条件を提示することを了解してもらった。

きっとミョウなら、抜け目なく有利な条件を提案してくれるだろう。そして、珠狼はいつの間にか斌綸と穏やかに話ができていた。

斌綸は半分本気で惜しむようにレイルを見る。

「本当に、こいつさえ先に手に入れていればな…戦況は絶対俺に有利だったのに…」

「僕は、軍隊なんか作りません」

キュっと珠狼の胴を抱きかかえ、守る気でいるレイルが可愛い。

珠狼は肩に腕を回してレイルを抱き寄せた。

「私も、レイルを利用する気はありません」

眉を上げて驚いている斌綸に宣言した。

父親を殺そうとしていた斌綸さえ、伴侶と子を得たらこれだけ行動が変わったのだ。きっと、自分も斌綸と同じように、愛する者を得て、今までと違う貌をしているだろう。

「レイルは私の伴侶です」

そう言える自分が幸せだった。

抱きしめたレイルがびっくりした顔をしている。

珠狼はちらりと見て微笑んだ。

「……燭龍の子をか……」

「ええ…」

「恐れ入ったな…」

開闢の大公のようだ…と斌綸は呆気にとられた顔をしながら、ひとりで納得している。

「まあ、でも、そうなんだろうな…」

「…?」

「お前が、この〝精霊の島〟を治めるのに、相応しい器だってことさ」

「兄上…」

「俺でさえ、お前には非情になり切れなかった」

斌倫は、どんどん昔のやんちゃな兄の顔に戻っていく。気性が激しく、思ったことをそのまま言う、裏表のない痛快な子供だった。

「放っておけばいいのに、良琉那が狙っていることを忠告して…焔弓に差し出すつもりでここまでおびき出したのに、躊躇ってなかなか攻撃を命じられなかった…」

——兄上…。

焔弓軍が大人く駐留していたのは、それなりに理由があったのだ。

「結局、お前の信頼に負けたんだよ」

「信頼？」

「ああ、お前みたいな人のいい甘ちゃんに、とことん信じられたら、誰も裏切れないんだろう…」

暗殺も、だから失敗したんだよな…と斌倫がひとりごちた。

「殺すならお前を狙うべきだったのに…人のことは言えん。わざわざ狙いを変えたんだから、俺も案外甘い奴なんだな」

珠狼は、懐かしい記憶を蘇らせた。

次兄と遊んだ、数少ない子供の頃。周囲は自分たちを引き裂こうとしていたけれど、子供たち自身には、なんの敵対感情もなかった。

自由にのびやかに、広い宮殿で駆けまわっていた。

——そうだ。憎しみあったことはなかった。

「兄上も、元からよいお人柄だったと思います」

「馬鹿…」

笑った後、すっと深い視線になる。

「…伝書に書いた半分は本心だ。お前となら組んでもいいと、何度も思った」

天幕の中が一層明るくなった気がした。ふと見ると、どこからから精霊が現れている。

斌倫が真っ直ぐに珠狼と向き合う。

「誰もが俺は焔弓に寝返るだろうと陰口を叩いた

……信じてくれたのは、お前だけだった」

「兄上…」

「お前が弦月の大公になるのなら、俺は焔弓王を説得する」

和議を、争わぬ解決を…。珷諭の言葉に、偽りは感じられなかった。

隣で寄り添うレイルが微笑んでいる。

陽射しが透ける天幕の中で、小さな精霊たちが祝福のようにきらきらと光を振舞いて飛び回った。

◇◇◇

ほどなく、珷諭の予言通り、斥候が貴族の代表を連れて鉱山へ戻ってきた。都市および王宮は、珷諭の軍が制圧したまま厳戒態勢にされているという。

珠狼は、休戦協定の締結と共に、珷諭の和平の書状をもって都を解放する手はずになった。


出発の準備を兵に任せ、珠狼をはじめ〝自治軍〟の首脳メンバーは天幕の中で額を寄せ合う。

「ひとまず、こちらは港の貿易権を、向こうは水源の確保を…で合意はできるでしょうな」

この島は南に下るほど断崖絶壁となり、潮の流れが激しいため、船を安定して停泊できなかった。そのせいで、主要港は北端にある弦月港しかないのだ。

弦月は冬の間凍らない港が欲しい。焔弓は乾期の生活用水を確保したい。互いに領土を変えないままで問題を解決するなら、この条件が必須だった。

テーブルを囲みながら、珠狼が見渡す。

「交渉はミョウとタンに任せて、私とレイルは都に向かう」

警護には匡とキシについてもらう。そして部隊長の中から二名が北の国境へと向かうことになった。

「それと、鉱山の再建はそのままミョウとタンにやってもらおうと思う。集落の人々は、ここに住んでもらって構わない」

採掘と加工を同じ場所でできるのなら効率がいい。そういうとミョウが頷いた。

「ついでに出荷もここからできたほうがいいな。このほうが焔弓の港には近いし、どのみち弦月港はこれからもどんどん結氷期が長引くかもしれないわけだから」

「そうだな。都にいる職人や商人も、ここへの移住を検討しよう」

水晶の加工は弦月の得意とするところだった。ミョウたちが作る精密機器ばかりではない。装飾品の輸出も盛んで、都には多くの工房が存在する。

すると、隣で聞いていたレイルが何気なく口を挟んだ。

「職人さんだけでなく、都の人も引っ越してきたら、寒冷化がひどくなっても安心なのに…」

タンがにこにこと笑った。

「ははは…左様ですな。ですがレイルさま、都は集落とは違います。何万という民がいるのですよ」

だが、聞きながら珠狼はレイルの意見はそう無謀でもない気がした。

――ここは、気温が安定している。

燭龍が嵌め込んでくれた巨大なクリスタルのおかげで、山の中は隅々まで光が散乱し、雨風は入らず、人々が寒さに震えることはない。要は、天窓付きの巨大なテントのようなものなのだ。

笑って流せない気がしてミョウを見ると、ミョウも真剣な顔をしている。

「万単位…も、面積的には可能ですよ」

確かに、山の底面積は、都が丸ごと一個入る規模だ。

「ミョウ殿…」

匡も髭をいじりながら唸《うな》った。

「…そうか…その手があるか」

今まで、寒冷化の対策で凍らない港を確保しようとしていた。だが、都そのものを移動するという考えはなかった。

珠狼が呟く。

「遷都《せんと》…か…」

ミョウが、瞳の奥をきらりとさせて珠狼を見ている。

「もしやったら、前代未聞の要塞都市ができますね」

堅牢な鉱山と水晶に守られた、これ以上はない防御の都市だ。寒さにも敵襲にも耐えられる。

まだ見ぬ未来の都に、胸が高揚した。会議に参加していた他の部隊長たちも、想像もしなかった都市計画に目を輝かせる。

「や、いや…殿下、そんなに簡単におっしゃられますな。あの美しい都を捨てるとおっしゃるのですか」

タンが慌てている。

「だが、凍りついたら美しいもへッタくれもないぜ。実際、冬には凍死者も出ている」

「そうですね。このまま都にしがみついていても、船が入れなければ陸路から延々と物資を運ぶことになる」

そうなったら、国の北端にある都は不便だと、匡や他の部隊長が慎重意見を論破する。

港を埋める流氷は、年々厚くなっている。この十年間、破氷船の開発もずいぶんしたが、砕いた氷が小舟にぶつかって沈没事故が多発し、根本的な解決にはならなかった。

賛否両論が飛び交う中、珠狼が口を開いた。

「今までの対策は、首都をあの場所に置き続けることが前提だった。だがその条件を捨てられるなら、違う国創りが可能だ」

珠狼自身、ミョウたちの集落に行くまでは、あんな暮らし方があるとは思ってもみなかった。

水晶鉱山も、国の開闢の頃から採掘していたのに、ずっと手間暇をかけて都まで水晶を運んでいたのだ。山の中で水晶を切り出し、加工し、輸出まで一貫して行うというのは、今までにない発想だ。

「それに、もし本当に遷都を行うとしても、今日明日ですぐに行うことはではない」

集落のわずか数十人の住まいも、インフラが整っていたからこそできていたのだ。数万という人々が住むのなら、その環境は一朝一夕では作れない。

珠狼はミョウを見る。

「まずは、実現可能なプランと技術の開発が必須だ。給水、排水、換気、道路…この山で、数万の人々が暮らすための基本機能を備えなければならない」

きっと何年もかかるだろう。だが、いよいよあの都が凍りついて住めなくなる…というときに間に合えば、ここは新しい弦月の首都となる。

ミョウは眼鏡を指でかけ直し、にやりと笑う。

「ワクワクしますね。やりましょう」

「頼む」

わお、と匡が叫んでミョウの手をぱん、と握った。次々に部隊長たちがつられて手を握り合い、夜更けの天幕に歓声が湧く。

「よっしゃあ！　じゃあ、前祝いといこうぜ！」

戦利品の酒樽へ向かう匡に、珠狼が笑って窘《たしな》める。

「明日の出発は早いんだ。ほどほどにしておけよ」

「もちろんでさあっ！」

発案者のレイルがちょっと肩をすくめながら、驚いた顔をしている。珠狼は目を見合わせて微笑んだ。


数日後、珠狼たちは首都・弦月に戻ったが、街は緊張感に包まれていた。

異国の兵が城門や街道を制圧し、秩序は守られているが、厳戒下で市民の表情は硬い。珠狼はまず、斌崙から預かった書状を携え、駐留軍の指揮官と面会して、正式に休戦と退却の手続きを取った。

率いてきた二千の兵が、焔弓軍の撤退を見届け、代わりに王宮と首都から延びる主要な街道の入り口を警備する。

「……」

王宮に入城してみると、中は思ったほど荒れていなかった。斌諭が焔弓兵を率いて乗り込んできたのだから、もっと戦闘の跡があるかと思っていたのだが、実際は大公と第三妃の悲劇があったせいで、ほぼ無血開城だったらしい。

がらんとした大広間は開け放たれ、大理石の床がひんやりとして見える。珠狼は怯えたように背後に居並ぶ貴族に問い質した。

「父上と琉那妃の亡骸は…」

「ご安置しております」

斌諭の手で首を獲られた良琉那も、棺に納まっていると大臣が答えた。

「…兄上の妃は」

手をかけたのは良琉那だけだと言っていた。安否を尋ねると、大臣が浮かない顔をする。

「…ご無事でございます。良那さまもご一緒に、お部屋に待機していただいております」

夫の死後、彼女は王宮から逃亡を図り、やむなく蟄居《ちっきょ》状態にしてあるという。珠狼は振り向いて命じた。

「先触れを出してくれ。直接話がしたい…」

「は…」

広間の開け放たれた扉の向こうに、抜けるような青空と港が見える。珠狼はそれを眩しく見た。

――もう、夏なのだな…。

海はきらきらと陽を弾いている。死んだように静かな王宮とは、別世界のようだ。珠狼は心配そうに見ているレイルを手招いて微笑む。

「付いて来てくれ。一番上の兄上の正妃は彌玲《ミレイ》殿、ご嫡男は良那殿という名だ」

「はい……」

◇◇◇

広間を中心に、両側に広がった宮殿の、南翼に妃の居室があった。鏡のように磨き抜かれた白大理石の回廊は、海を臨める片側が全て白い列柱になっており、壁も天井も南国を思わせる白い造りだ。

大公と世継ぎの死以来、宮殿はひと気がなく、静まり返っている。珠狼は大臣と警備の兵に案内されながら妃の部屋へと進んだ。

廊下の突き当りに、観音開きの扉があった。壁と同じ白い扉には、薄く淡い黄色やピンクの立体的な花模様が一面に施され、大人しく穏やかそうな妃の人柄を思わせる。

大臣は、珠狼の到着を扉越しに告げたが、返事はない。どうしたものかと振り返る老大臣に、珠狼は自分で部屋の主に声をかけた。

「彌玲殿……」

「お願いです、入って来ないで！」

部屋の中からか細く必死な声がした。その悲痛な声音に、珠狼は眉を顰めた。

討ち取りに来たと思われているのかもしれない。良琉那が異母弟ふたりを消したがっていたことは、おそらくわかっているだろう。彼女は常に義母と夫のいいなりで、どこにでも付いていたから、事情だけは色々知っているのだ。

「彌玲殿、私は決して危害を加えるつもりはありません」

だから入れてくれ、話をさせてほしいと頼んでみるが、返事はない。仕方なく、珠狼は取っ手に手をかけた。

「私とレイルだけでいい。そなたたちは待機してくれ」

「は…」

女性の部屋に強硬突破するのは気が引けるが、このままでは埒《らち》が明かない。

「失礼、彌玲殿、入らせていただきます」

「嫌！」

悲鳴のような声を無視し、扉を開ける。部屋の中は、扉と同じように淡く可憐な部屋だった。

白大理石に薄桃色の絨毯が敷かれた床、窓は透ける白い紗《しゃ》の布がドレープを描いて、陽射しを遮っている。部屋の正面奥には同じように淡いピンク色の天幕が幾重にも垂らされた寝台があり、絹張りの上掛けの端に、彌玲が乳児を抱いて座っていた。

「彌玲殿…」

「来ないで！」

彌玲は怯え切って子供を抱きしめていた。見開いた瞳から涙を流し、幼い息子は母親の様子に恐怖を感じて火が付いたように泣いた。

「お願いです。この子を殺さないで…」

宮女は誰もいなかった。いつも人形のように義母に従うだけだった彌玲は、必死の声を上げている。

「この子には一生出自を教えません。平民の子として育てます。絶対貴方を襲ったりしません。だから、この子だけは助けて……」

「彌玲さま…」

レイルが辛そうな顔をした。

小柄な母親は、もう立ち歩けるほどになった幼児を護ろうと、抱えて身体を丸めている。珠狼は彌玲の傍までゆっくり近づき、膝を突いて威儀を正した。

「彌玲殿。良那さまは正当なお世継ぎです」

「……珠、狼……さま…」

静かな声に、彌玲が怯えた眼のまま顔を上げた。

「私は大公にはなりません」

珠狼は夫を失った妃に、穏やかに説明する。

「良琉那殿下亡き後、大公位を継ぐのは、良那さまです」

「で…も……」

「珷崘兄上は、焔弓の姫君との婚儀が決まりました。もう弦月に戻られることはないでしょう」

怖がって泣いていた小さな公子に、レイルが微笑んで精霊を見せてやる。ふわふわと浮かぶきれいな光に、良那は思わず気を取られて泣き止んだ。

カーテンで陽を遮った部屋が、きらきらした粉屑のような光でやわらかく明るくなる。呆《ほう》けたように見る彌玲に、珠狼は誠意の眼差しを向けた。

「無論、良那さまはまだ幼くていらっしゃる。今、即位されても実質的な政治はできないでしょう。ですから、良那さまがご成人なさるまでの間は、暫定的に私が政務を執《と》らせていただきます」

「…」

「ですが、ご成人の暁《あかつき》には、必ずご即位いただきます…」

両目いっぱいに涙を零していた妃は、まだ迷うような目をしている。

子供を抱きしめながら、か細い声を出した。

「でも…もし、珠狼さまが…」

今はそう言っていても、後で事情が変わってしまうのではないか…そんな懸念の表情が浮かんだのを見て、珠狼はレイルを片腕に引き寄せて微笑んだ。

「彼が私の伴侶です」

「え…」

「レイルと言います。よろしくお願いします」

レイルがにこっと笑う。泣き止んだ子供は、レイルのことを不思議そうに見つめている。

「私は訳あって、精霊に、レイルと寿命を分け合う誓いをしました」

「…」

自分の命は半分レイルのものだ。

「ですから、長い治世は望めないのです。無論、子を成すこともありません」

だから良那はこのまま公子として遇する。大公の位を奪うことはないから安心していい…そう言うと、ようやく彌玲は力が抜けたように子供を抱く手をゆるめた。

「あー」

良那が金色の瞳で笑いかけて手を伸ばし、レイルがそれに応える。

「はじめまして、公子様…」

無邪気に懐く我が子を見て、彌玲は泣き崩れた。

「…珠狼…さま……」

そのまま、寝台から滑り落ちるように床にひれ伏す。珠狼もレイルも、憔悴《しょうすい》しきっていた彌玲を支え、ようやく四人で部屋を出ることができた。

◇◇◇

「焔弓兵は全員城門を出ました」

その夜、撤退を見届けたキシが珠狼の部屋に報告に来た。街中の治安を担当した匡も、警備状況を告げに来ている。

部屋の様子は、出ていく前と変わっていない。珠狼とレイルは円卓を囲んで匡たちと向かい合った。

「市中も混乱は起きてません。殿下のご入城を大々的に触れ回りましたから、かなり安心材料になっていると思います」

「そうか、ご苦労だった。ありがとう」

都の門をくぐってから、それぞれ息をつく暇もない奔走だった。焔弓軍の撤退、官僚への通知、貴族たちへの説明、彌玲や良那の保護から商人たちを安心させることまで、何もかもを一気にやったのだ。

気が付いたら夜もとっぷり暮れている。だが、何はともあれ貴族たちも一安心しただろうし、焔弓に征服されてしまったのかと怯えていた市民たちも、ホッとしたと思う。

彌玲と良那に付き添っていたレイルも、ふたりが安心して眠ったので、宮女たちに任せて部屋に戻ってきていた。珠狼の隣で、ふんわりと微笑んで報告を聞いている。

匡が、ひじ掛け付きの椅子からバルコニーを見ながら言った。

「あとは、即位式ですな」

取り急ぎ、貴族と主だった商人たちに、暫定政権の説明はしたが、大公が第三妃と相打ち…という凄惨な最後は、噂として都中に流れている。占拠していた焔弓兵のこともあって、そう簡単に警戒感は抜けない。

だから、内紛のイメージを払拭《ふっしょく》するためにも、即位式のような明るい行事はあったほうがよかった。

「…」

それはわかっていたが、珠狼は大公位を継ぐつもりはなかった。この国のために尽くす生涯でありたいが、やはりこうした形で即位するのは気が進まない。

――珷崘兄上との約束は、暫定政権で果たせる。だからといって、期待してくれる貴族や周囲の気持ちをわざわざ挫く必要はない。珠狼は目の前の課題を挙げて即位式の話題を逸らした。

「式典の前にやることがたくさんある。父上たちの葬儀を先に行わなければならないし、まずは議会を招集して、即位式は滞っている行政を安定させてからにしよう」

部屋は夜になっても鎧戸を開け放しておけるほど温かい。バルコニーの向こうに星が瞬く夜空と海が見えるが、その下にある街の灯りは、夜遅くまで賑やかに灯っている。

短い貿易の季節なのだ。船は毎日次々と入港・出航し、港は積み荷で溢れかえる。最盛期に人手を割くのは市民の負担が大きい…そう言うと、キシも納得し、懐から折りたたんだ紙を取り出した。

「そうですね。それでは、いつぐらいが可能な日程かを詰めておきましょう。同時並行で式典の準備を進めます…」

「おーっと、待った」

「匡、何を」

「そいつは明日の仕事だ」

匡が広げた紙を取り上げてたたむ。ムッとするキシの肩をぽんと叩いて匡が笑った。

「〝明日できる仕事は明日やれ〟ってね。さ、帰ろうぜ…」

「帰りたいならお前は帰れ。私は主だった事項だけでも詰めておく」

匡は大仰に溜息をつく。

「お前ね、馬に蹴られて死にたいわけ？」

「は…？」

珠狼が呆気に取られているうちに、匡はにやりと笑ってキシの肩をぐいぐいと出口に押す。頬傷を歪ませて、珠狼に片目を瞑った。

「では殿下、また明日…」

――…な。

渋るキシを引き摺るようにして匡が出ていく。〝今日はもう来ない〟と念を押した匡の台詞《せりふ》に、珠狼は返す言葉もなかった。

「……」

「……」

さあどうぞ…とお膳立てされた状態に、お互い顔を見合わせてしまう。

なんとなく気恥ずかしかったが、珠狼がそっと触れようとすると、レイルが慌てたように肩をすくめた。

「あ、あの…あの…」

「…？」

もしかして、嫌がられているのかと心配したが、そうではないようだ。

「あの、昼間、彌玲さまに話したことですけど」

レイルが赤い顔のまま、ちょっと困ったように小首を傾げる。

「あれ…お言葉ですが、珠狼さんは、たぶん長生きになってしまうかと…」

——え…？

「僕は、四十年かけて今の姿に育ったので、たぶん、普通の人よりずっと長生きなんです」

「…な…」

それでも、燭龍に比べればずっと短い命だ。

「僕と珠狼さんと、ふたり分の寿命をひとつにするわけなので……」

「お前の寿命は、あの場で終わったわけではなかったのか…」

「……はい」

びっくりすると、申し訳なさそうにレイルが見上げてくる。

「人間だと、一緒に居ても、僕のほうが生き残ってしまうんだと思うんです…」

——だから〝寿命を分け合う〟なのか…。

脆い人間としての器を護るのに、守り手の人間も同じだけ長生きしなければならない。

珠狼はようやく燭龍が提示した条件を理解した。

「……ごめんなさい」

しょんぼりした顔のレイルに、珠狼は笑って手を伸ばす。

「何を言う…ありがたい話だ」

その一生が長いか短いかなど、問う必要もない。

「一緒に生きられることが大事なんだ」

「珠狼さん…」

やわらかな髪を梳き、頭を包んで胴ごと自分の膝に引き寄せた。

「愛している……」

「わ…」

膝に座らせるように抱きしめ、額に、鼻梁《びりょう》に、唇を落とす。

「…僕も……」

預けられるレイルの身体から、鼓動が伝わってくる。

珠狼は込み上げる感情のままに、掻き抱いたその背や腰をなぞった。

「…珠狼、さ……ん…」

◇◇◇

甘い吐息が珠狼の頬を掠めた。

テーブルや壁にある灯りは消され、バルコニーから差し込む月明かりだけになった。紗の天蓋がかけられたベッドは、シーツが青い月明かりに反射して白く浮き上がっている。

薄青い世界でも、レイルの白い頬が桃色に染まっているのはよく見える。珠狼は悩ましい姿態を前に、熱い衝動に駆られていた。

「珠狼さん…」

夜目に潤んだ瞳がきらりと光る。寝かせたレイルの服をはだけさせ、肌を露わにしていくと、レイルは逆らわないものの、耐えられないように目を瞑って顔を背けた。だが、羞恥《しゅうち》を堪える姿もかすかに震える喉元も、余計淫《みだ》らな欲望を掻き立てるだけだ。

珠狼は服を脱がせながら、レイルの頬を手で包んだ。

「レイル…」

ずっとこうしたかった。肌で直接触れたくて、もっと奥深いところまで侵していきたくて、心も身体も恋しさに餓《う》えていた。珠狼は自分の服を脱ぐ手間も惜しくて、前だけを適当にはだけてレイルに覆い被さるように抱きしめる。

「…ぁ…」

熱い肌の感触がたまらない。互いの下腹部はすでに興奮しきっていて、下穿き越しに触れるだけでビクビクと身体が反応する。珠狼も声にならない快感に浸った。

「あ…ぁ…」

レイルが甘い溜息を零す。脳を蕩《と》かすような声が余計衝動を煽《あお》った。珠狼は湧きあがる希求のままレイルの桜色の唇を貪《むさぼ》り、こじ開けて口腔《こうこう》深くまで舌を進入させる。

「…ん…っ……」

陶酔するような呼吸が天蓋に響き、レイルのすんなりした腕が首に回された。求められる仕草に、腹の底から熱い感覚が迫り上がる。珠狼は接吻を交わしながら下穿きへと手を伸ばし、レイルの服も、自分の衣も剝いでしまう。

素肌をぴったりと重ね合わせ、足を割り込み、腕で肩や胴を抑え込んで、互いに熱をもった部分を擦り上げた。

重なって擦れる部分は、蕩かすように熱い。

「ぁ…は……っつ…ぁあ…っ…」

喉を反らせてレイルが喘《あえ》ぐ。白い肌を上気させ、甘苦しく巻き付いた腕に力が込められた。感じて悶《もだ》える姿を見るだけで、逐情してしまいそうだ。

——レイル…。

刺激して追い上げながら、唇からうなじへ、鎖骨へ、淡い胸粒へと唇を這わせた。

レイルの肌を貪り尽くしたい。獰猛な欲望と愛情がごちゃ混ぜになってしまう。

「ぁ…珠、狼…さ……あ、あっ…」

ビクビクっと腰を浮き上がらせるようにレイルが達する。快感に喘ぐ淫らな姿に、珠狼の雄の昂《たかぶ》りが激しく脈打った。

「レイル…」

――駄目だ…もう耐えられない……。

おそらく何の経験もないレイルに、あまり無理はさせられないと思っていた。こうして触れ合って精を吐き出すぐらいまでが限界だろうと自制していたけれど、身体の中で、溶鉱炉のように熱い感情が渦《うず》巻いている。

貫きたい…レイルの身体の奥深くまで入りたい。

「…」

珠狼は猛々《たけだけ》しく襲ってくる欲望を抑えながら、レイルの耳もとに囁いた。

「許してくれ……抱きたい…」

「珠狼…さ、ん…」

こんな艶やかな姿を見て、堪えることなどできそうにない。許しを請いながらも、すでに下半身ごと割り込んで、レイルの足を開かせている。レイルは息を乱したまま、羞恥したように足を閉じかけた。

「あ……」

きゅっと縮める膝を、片手と身体で割り開く。レイルは濡れた瞳で困ったように珠狼を見上げた。

「あ、や……」

拒む瞳は熱に浮かされたように潤んでいる。

珠狼は、何とか我を忘れてくれないかと、達ったばかりの場所へ指を絡めた。だが、レイルは甘い声を上げながら身を捩る。

「…いや……ぁ、あ……ん…触、わらないで…」

嫌だと言われても、どうしても触れたい。

しかも、煽るために触れた場所さえ、触っている自分のほうが興奮して激しくしてしまう。扱《しご》いた場所は、残滓《ざんし》を吐き出すように透明な滴で先端を濡らしていた。珠狼は淫猥《いんわい》な音を立てる場所を攻め続けた。

「離し…て…」

汗ばみ、薄桃色に上気した肌に触れているだけで、どうにかなってしまいそうだった。

レイルは喉を反らし、切なそうに哀訴を漏らす。

「嫌、やめて……やめ…ぁ、あ…っん」

首に回されていた手はとっくに外され、珠狼の手を止めようと摑んでくる。だが、愛撫《あいぶ》と精液にまみれた場所はずくずくと反応していて、レイルは愉悦に振り回されて上擦った声を上げ続けた。

「珠狼さ……あ…ぁ、は……ぁぁ」

凝《こご》り始めた場所を弄《いじ》りながら、受け入れてくれるはずの奥をなぞる。悶えた身体は、一瞬ぴくりとはするものの、その狭い場所はどうにか指を飲み込み、吸い付くように反応した。

涙目の瞳を見開いたレイルに、珠狼が秋気を滲ませて尋ねた。

「苦しいか？」

身体は応じてくれているようなのだが、やはり苦しいだろうか…。案じていると、レイルは呼吸を上げたまま首を振る。

「…いえ……あの…」

「レイル…？」

本当は辛いのか…と髪を撫で、言い淀《よど》むレイルを促すと、囁くような答えが返ってきた。

「…気持ちよかったです……」

――レイル…。

恥ずかしそうに目を伏せる姿に、腹の奥が強烈に疼いた。脈打って反り返る場所が、張り詰めて痛い。

こらえきれないものをその隘路《あいろ》に押し当てると、レイルは抗っていた手を離し、珠狼の腕に触れた。

気恥ずかしそうに微笑むレイルと見つめ合い、珠狼は許しを得てその場所を押し広げた。

「ぁ…」

痛いかと案じて止まってみるが、自分自身もそのまま進んだら止まらなくなりそうだった。

みっしりと包んでくる内襞《うちひだ》が、生々しい熱さを伝えてきて、理性をもっていかれそうなほどの快感が全身を貫く。レイルの惑溺《わくでき》するような吐息と絡んで、珠狼も心地よさに熱い息を吐いた。

気持ちいい。無意識に吐く息が掠れ、腰が淫らに揺れてしまう。

グッと押し進むとレイルがあえかな声を漏らした。繰り返される忙しない呼吸に駆り立てられ、珠狼は思わず最奥へと穿《うが》った。

「あ…」

「…すまない…大丈夫か」

覆い被さったまま様子を窺うと、レイルが頬を染めたまま両手を珠狼の肩に伸ばしてくる。

「…大丈夫、です…奥まで、来たから……」

きもちいい…と甘い声で呟く。珠狼はその魅惑的な声音に目を瞑った。

なんて甘美なのだろう。レイルが快感に息を弾ませている姿は、自分の中の最も抑えが利かない部分を刺激してくるのだ。

堪え切れずに、情欲で張り詰めた部分でレイルの身体の奥深くを抉る。内壁を擦ると、甘い痺れが腰全体に走って、もう止まらなかった。

「珠狼、さ…ぁ…あ、はぁ、っ…ぁっ」

衝動が身体の中を駆け抜けていく。レイルが背を撓《たわ》ませて愉悦を逃がそうとするのを見ると、より深く、より激しく追い詰めてしまいたくなる。

「ぁ…は、…ぁ…ん、んっ……ぁ…」

漏らされる嬌声《きょうせい》、愉悦に再び放たれる体液、レイルのやわらかな声が、今は艶幻な響きで本能を爛《ただ》れさせる。珠狼は激情に呑み込まれるように抽挿《ちゅうそう》を繰り返した。

「ぁ…も、……う……ぁ、あ」

細い指が両肩をぎゅっと摑んでくる。本当は加減してやらなければいけないのに、縋られているようで余計興奮してしまい、中を穿つものは余計硬さを

増してしまった。

「ぁっ……ぁあ…っ」

極まったような声に、珠狼の熱が隘路の奥で暴発する。レイルの腰がビクッと反応し、珠狼は深く打ち付けたまま、レイルの感触を味わい続けた。

「はあ…は…ぁ……」

「すまない…止められなくて…」

「…大丈夫です……あの、気持ちよかった……」

荒い呼吸と、速い鼓動が重なる。珠狼は肩で息をしているレイルの身体を持ち上げるように、背に手を差し入れて抱きしめた。

「愛している…」

「珠狼、さん……」

レイルが抱き返してくれる。

愛する相手の心も身体も、際限なく全てが欲しい。

珠狼は、背中に回された腕の感触に浸りながら、湧きあがってくる欲求に、再びその肌を唇でなぞった。

◇◇◇

再建の日々は希望と活気に満ちていた。

珠狼は貴族を招集し、王宮の体制を整えた。

焔弓とも無事に休戦協定を締結し、互いの条件を順守する細かい手順が決まった。弦月から山の雪解け水を焔弓側に供給するための施設建設が始まり、焔弓の港を使用するための権利証が発行される。水と港…互いに絶対必要なものだけに、この条約はそう簡単に反故《ほご》にはならないだろう。

交易の最盛期に伴って、街全体も華やかだ。港は白い帆を張った帆船が並び、熱い陽射しに、濃い緑の葉と鮮やかな牡丹色の花が風に揺れ、屋根瓦の釉薬が眩しく照り返る。

バルコニーに沿う王宮の長い屋根には、弦月の国章である月と龍の紋を染め抜かれた旗がいくつも並んではためき、誇らしげに陽を弾いている。恐怖に静まり返っていた王宮には、再び人が行き交うようになり、我が子を殺されるのではないかと怯えていた彌玲も、むしろ以前より穏やかに笑うようになった。

忙しい日々だったが、珠狼も幸せだ。

レイルも珠狼も特に服装の格を改めることもなく、身軽な恰好で動き回り、ふたりきりの生活を邪魔されたくないので、宮女たちも部屋につけていなかった。

食事も、貴族たちとの会見を兼ねた席は別だが、あとは気楽なものだ。気が向けば城から出て街中に行き、居酒屋で海男たちの会話を聞きながら酒を酌み交わす。

王宮の貴族たちは目を丸くして驚くが、珠狼は特に違和感がなかった。良琉那に疎まれて長く国境線に配置されていたせいで、兵士たちとのざっくばらんな暮らしが板についていた。自由に、身分に縛られず大酒を飲んで騒ぐ彼らとの宴《うたげ》は、楽しいのだ。

夏の風が心地よく部屋に入ってくる。ふたりでバルコニーに出て湾から広がる街を眺めていると、レイルが隣で指さした。

「あれ、ミョウさんたちですよ、あ、デミさんも」

向こうもわかったらしい。大広間に向かって続いている大階段の途中で手を振っている。レイルも手を振り返して微笑んだ。

デミも元気そうで少しほっとした。今日は久しぶりに鉱山残留組が王宮に来ることになっていたのだ。

「〝とっておきの秘策〟って、なんでしょうね」

手紙には、素晴らしい策ができたので、見せにいきたいと書かれていた。

ミョウのことだ、きっと人が想像もしないような面白いものを作ったに違いない。珠狼はレイルの肩を引き寄せて促した。

「なんだろうな…。行ってみよう」


「殿下！」

「よく来てくれた…」

ミョウの他にも、鉱山に残って警備や建設に当たった部隊長の代表が来ていた。

「こちらは上々のようですね」

「まあな。とりあえず順調だ」

広間に隣接した会議用の卓に主だった関係者が並んで座り、互いに書面だけだった情報の共有をする。一通り話した後、ミョウは円卓の一番端を向いた。

「デミ、出してくれ」

「はい」

デミは一礼して前に進み、抱えてきた大きな黒い布包を卓の上に置いた。

「これがお見せしたい〝とっておき〟です」

匡が笑って茶々を入れている。

「もったいつけるなよ。何を発明したんだ？」

風呂敷のようにほどいた布の中からは、乳白色の筒と、同じ素材でできた瓦に似た形のものが現れた。

「なんじゃこりゃ…」

「えらい地味だな」

ミョウは筒状のものを手にして珠狼に差し出す。

「持ってみてください」

ざらりとしたそれは、素焼きの壺《つぼ》に似た感触だが、手にすると驚くほど軽い。同じ大きさで比べたら、まるで薄い布を持っているかのようだ。

「ずいぶん軽いな」

「でしょう…」

ミョウが自慢げな顔をした。

「軽いだけではないんです。これは、瓦一枚分で馬車が踏んでも大丈夫なほどの耐荷重を持っているんですよ」

「この薄さでか？」

「ええ」

驚いた出席者たちが、次々に手を伸ばして触る。

ミョウが投げてみろというので、キシが床に叩きつけたが、羊皮紙並みの薄さなのにびくともしない。

「またすごいのを作ったなミョウ。これ、何でできてんだ？」

匡が感心してガツガツと剣を打ち当てたが、瓦は心地よくカーンと音を鳴らすだけでヒビも入らない。

「ウグロモチの糞です」

「げ……」

匡が触っていた手を離す。ミョウは笑いながら素材を受け取った。

「正確には、ウグロモチの出す排泄物を混ぜて焼いた瓦ですけどね」

「ウグロモチ…」

それは精霊の名前だ。真っ白なダンゴ虫のような形をしていて、樹液が大好物で、森の木の根に多くいる。だが、モグラのように地中を掘り進むので、珠狼がいたときも、鉱山の中で発見されていた。

「いや、意外とあの山にはウグロモチがいましてね」

鉱山にはもともとたくさんの精霊がいた。人が住まない大きな空間で、居心地がよかったのだろう。だが、焔弓の精霊軍が大暴れして山腹に穴を開けたとき、大部分は驚いて飛び立ってしまった。

「ウグロモチは土の中にいたので、逃げなかったんですよ」

山の内壁沿いに住居を掘ろうとした際、ウグロモチに出くわすことがたびたびあったのだという。

「もちろん、あちらが先住民ですから、尊重はしたいところなんですが、彼らはお構いなしに壁を突き破ってくるんで…」

せっかく作った家の壁に大穴が開くこともあって、

どうしたものかと思っていたそうだ。だが、この精霊はおおらかな気性で、あまりこだわりを持たない。

「好物の樹液を与えてやると、意外と地上でも居心地よくいられるようだったんですよ」

なので、出くわしたウグロモチはそのまま土の外に出てもらった。彼らはゴロゴロと丸まって地面を転がり、今ではすっかり子供たちのアイドルだ。

ただひとつ、難点があった。彼らの出す〝糞〟だ。

ウグロモチの排泄物は、粘性がある液体と固形の中間のようなもので、うっかり踏んづけてしまうといつまでも靴の裏についたままになる。

ミョウが苦笑いした。

「なにせ、食べてるものが樹液ですからね。しょうがないんですが、さりとて〝地中に帰ってくれ〟と言ったところで、レイル殿のように言葉を交わせるわけでもなく…」

困ったものだと思っていたとき、偶然、竈に糞のついた枝を入れたのだという。

薪は燃えたが、焼け残った半透明の糞は蜜のように固まり、どんなに叩いても割れないほどの強度を持った。

「しかも恐ろしく軽いんです。それで、試しに瓦を作ってもらったんですよ」

排泄物を混ぜて焼いた土は、軽く、衝撃に強く、耐水性を備えていた。

「繋ぎ合わせることも可能です」

焼いた瓦同士を隣り合わせ、半焼成したウグロモチの糞を溝に埋め込んで火で炙る。土だけではくっつかないが、糞の成分が接着剤の役目をするらしい。

「これなら、いくらでも大きなものが作れます」

ミョウが円卓にあったもうひとつの、筒型をした素材をもってゆっくりと見渡す。

「これで、排水と給水を備えた道路を、山の内側に建設するんです」

これが図面です、と持ってきた荷物の中から大きな紙を広げた。水晶鉱山の断面図には、真ん中に大きな支柱を立てるように絵が描かれ、木の枝が張り出すように山の内側へいくつもの線が伸びていた。そして主線は山肌沿いに旋回しながらゆっくりと底まで続いている。

「飲み水は、山頂からの雪解け水を使います。上から下へ引きますから、自動的に流れていきます」

ウグロモチの糞を混ぜて焼いた素材で、大きな楕円状の道路を作る。中の空洞にはこの筒状の管を二本通す。人は、上水道と下水道が内包されたこの道路を使って、ループ状に山の中を登ったり下りたりするのだ。

「……壮大な計画だな」

いくら繋ぎ合わせることが可能とはいえ、ひとつひとつ焼いたものを、あの巨大な山の中に組み上げていくには、気が遠くなるほどの枚数を焼かなければならない。だが、ミョウはわかっていると頷く。

「完成までには時間がかかります。でも、未完成のままでも人は住めますからね」

最低限の上下水道だけ通して、あとは人が増えていくにしたがって増築すればいいと言う。

「私たちはそうしてあの渓谷の地下で暮らしていたんですよ」

人口が増えて手狭になったら、掘り進んで住まいを増やす。

「あの山は、底の部分だけで充分この都の人々を収容することはできますけどね、でも、弦月の民はここにしかいないわけじゃないから」

寒さがより一層厳しくなったら、もっと南にある町や村の人々も、山に保護しなければならなくなる。

そのときのために、いくらでも人が入れるよう、上の空間も利用したほうがいいと主張した。

「計算では、山の内側全てにこの梁《うつばり》を渡して、中心部に居住空間を創出できれば、弦月の全人口の一・五倍まで収容可能です」

ミョウは最期のとっておき…と笑ってデミにもうひとつの図面を広げさせた。

「うわ、すげえ」

「…ほんとに作れるのかよ…」

匪や部隊長たちが感嘆の声を上げる。

広げられた紙には、まるで巨大な白い樹が、山中に枝を広げたかのような完成予想画が描かれていた。

「デミが描いたんですよ。私のイメージ通りだ」

デミは恐縮してずっと俯いている。珠狼は少し心が痛かった。デミは、まだ自分の呵責《かしゃく》を払拭できないのだろう。

戦うことも苦手だった。本来彼は、こうやって絵を描いたり、細々とした手伝いごとをしたりするのが性にあっているのだ。

珠狼は申し訳なさそうな顔のデミに微笑みかけた。

「…すごいな。美しい都市図だ」

「どうです？　殿下、ご許可いただけますか？」

期待に満ちているミョウにも頷く。課題はまだたくさんあるだろうが、まずはこれが第一歩となるだろう。

「もちろんだ。ぜひ頼む」

ミョウは嬉しそうに次々と図面を取り出した。本当に、あれこれ作るのが好きな性分らしい。

「この山中通路の建設に伴って、山の出入り口も何か所か設けようと思うんです」

通気も兼ねた側道の計画が披露され、出席者たちは要塞都市の構想を熱心に聞いた。


全体での共有が終わると、各部門ごとに細かい打ち合わせがある。鉱山担当の者、国境担当の者…と分かれているところで、珠狼はデミの傍に行った。

「珠狼さま…」

「母君には会えたか」

デミはまだ緊張した顔でかしこまる。

「はい…おかげさまで」

琺崙が鉱山を訪れたとき、解放を指示する親書をしたためてもらった。伝令鳥で飛ばしたため、デミの母親は早い段階で救出されている。

「怪我は…？」

「大丈夫です。あの指だけでした」

「…そうか」

今は静養しているという。デミは報告した後、躊躇いながら珠狼を見上げた。

「あの…僕…本当にいいんでしょうか…」

「どうしたんだ」

笑いながら言うと、デミは泣きそうな顔をする。

「だって……僕は……」

「私は許すと言っただろう」

「でも、こんな大事な会議にまで…」

もう二度と王宮の中枢には行けない…そう思っていたらしい。特に、鉱山残留班に組み込んでしまったから、距離を置かれたと思ったのだろう。

――ミョウの手伝いに向いていそうだと思ったからなのだが…。

珠狼はぽんと背中を叩いて励ます。

「終わったことだ…お前は大事な従者だよ」

一番大変なときに仕えていてくれた。その感謝を伝えると、デミは本当に泣いて鼻をすすった。

「すみません……僕、頑張ります」

「ミョウの力になってくれ。頼りにしている」

微笑んで見守っていると、部屋に大臣が入ってきた。

「殿下、そろそろお時間をいただいてよろしいでしょうか」

謁見希望者が待っているという。珠狼は頷いて大臣に従った。そのままレイルも連れていこうとすると、出口でミョウが呼び止める。

「あ、レイルさんはちょっと残って」

「…僕ですか？」

ミョウはうん、うんと頷いている。

「ウグロモチのこともあるから、少し時間をもらえないかな」

レイルが珠狼を振り向く。珠狼は笑って手を振った。

「では私は先に行っている」

「はい…」

会議の部屋を出ると、外はもう夕陽が輝いていた。大理石の床は黄金に色付き、長く伸びた影が広間の奥まで柱のシルエットを伸ばしている。

眼下に広がる街は、夕焼けで一面金色の世界に変わっていた。

◇◇◇

半月ほど経って、南に残留していた国境兵たちの凱旋があった。水晶鉱山と、鉱夫たちを救った英雄として、兵士たちは民の賞賛を浴びて門から王宮まで進むのだ。珠狼はそれを王宮の大階段で出迎えることになっていた。

しんみりした前大公の葬儀の後なので、ぜひ華やかにしたほうがいいと大臣たちもこぞって進言した。そのせいで、王宮はここしばらくなかったほど美しく飾り立てられている。

王宮の両翼にはためく縦長の国旗の先端には、薔《ば》薇《ら》を象《かたど》った真鍮の飾りが付けられ、旗の他に、金、銀、紫と白のリボンが結わえられて海風にひらめいている。王宮の、バルコニー側に面した扉は全て開けられ、中では楽奏者たちが舞踏会で演じられる、なめらかで流麗な曲を奏でた。

男子は第一級礼装である黒い正装と豪華なストール。女性は長いベールを後ろに垂らし、たっぷり長い袖をとった色とりどりのドレスを纏った。

女性たちは手には花や籐籠《とうかご》を持ち、兵士たちを讃えるための花びらが詰められていた。

珠狼はレイルを伴って最上段の中央にいる。貴族たちの反対側にはキシや匡に混じって、ミョウたちもいた。

皆ワクワクした表情をしている。レイルもにこにこと背伸びをして、まだ遠くに見える凱旋パレードを心待ちにしていた。

「もうすぐですね」

「ああ」

槍を携えた騎馬隊を先頭に、長い列が続いている。都の警備兵と交替し、一気に三千の兵が帰ってきたから、かなり長い列だ。

ふと貴族たちの列を見ると、最前列にいる彌玲の腕から、良那が下りようとぐずっていた。

レイルが笑いかけている。

「良那さま、可愛い」

「ああ。歩きたくて仕方がないんだな」

よちよち歩きだったのが、最近はずいぶんしっかり歩くようになった。

良那も正装をしている。形は大人の正装に似ているが、未成年の公子が着用する、白地に金の縫い取りがされたものだ。小さくてもいっぱしの恰好で、良那は歩きたそうに足をバタバタさせている。

――元気そうでよかった。

我が子の安全が保障されて、彌玲は心からほっとしたようだ。相変わらず大人しい女性だが、レイルが何かと心を配るせいか、最近は育児の相談もレイルにしているらしい。

珠狼も、ただ叔父と甥というだけでなく、ゆくゆくは大公となる良那のために、父親代わりとしてできる限り寄り添っていきたいと思っている。

「あ、到着しましたよ」

凱旋兵の先頭が大階段の下に着いた。階段の両脇も、道路の向こうも、商人や街の人々でいっぱいだ。たまたまこの時期に入港してきた商船の船乗りたちも、ひと目この式典を見ようと鈴なりになっている。

「全員、敬礼！」

階段の下で号令がかかり、騎馬兵も徒歩兵も剣や槍をガチャッと胸に掲げた。

「南国境兵三千名、只今帰還いたしましたっ！」

部隊長が声を張る。盛大な拍手と共に迎えられ、代表で部隊長、百人隊長が登ってくる。

だが、指揮官たちは幾段も上がらないうちに両脇にそれぞれ分かれ始めた。

「…？」

こんな段取りだっただろうか…と珠狼は不思議に思っていると、階段の下から、たくさんの女性が出てきた。

——なんだ…？

どういうことだろう、と右側で貴族と共に並んでいる大臣たちを見るが、彼らはすましている。
二、三十人いると思われる女性たちは、皆貴族階級の令嬢のようだ。揃って刺繡された弦月の伝統衣装を纏い、ベールの代わりに白く長いスカーフを被っている。宝石では留めず、バルコニーに飾られているのと同じ、やわらかな色の薔薇の花冠をしていた。
「……」

女性たちは長く大きな白い布の裾をもって、一段ずつ上がってくる。大階段は、真っ白な布で眩しく光った。

女性たちを護るように、帰還した士官たちが両脇でエスコートし、上がるにつれて重くなる布を持ち上げる手伝いをしている。

一体、何だろう。こんな演出は打ち合わせにあったか…？　と考え込んでいる間に、白い布は最上段まで到達し、大臣が進み出て、右端から聴衆に向かって声を張り上げた。

「それでは、これより大公閣下の戴冠を行う…」

「なんだと……？」

――聞いてないぞ…。

驚いていると、レイルが隣で微笑んだ。

「さあ、珠狼さん、こちらです」

「レイル…ちょっと待て、どういうことだ」

戸惑う珠狼に構わず、階段に布を敷いていた以外の女性が、ローブを捧げ持って近づいてくる。

「…おい」

「珠狼さん、じっとして」

レイルは当然、という顔で命じ、あれよあれよという間に、珠狼の肩にローブを留めてしまった。

匡が、少し離れた位置に留まったまま笑っている。

「殿下のことだ、どうせなんだかんだ理由をつけて、暫定政権のまま終わらせる気でしょう」

「そうはまいりません。殿下の即位は、我々の悲願です」

「キシ…」

気が付くと、帰還してきた部隊長たちがすぐ傍まで登ってきて、膝を突いていた。

「ご即位いただくために、ここまで戻って参りました」

「…」

「どうぞ、戴冠を…」

珠狼は目を瞠った。眼下の兵たちも、気付けば貴族たちまでが、凱旋と偽って戴冠式を用意していたのだ。

レイルが手をとって微笑む。

「受けてください。これは、彌玲さまのお気持ちでもあるんです」

「…レイル」

目をやると、淡いピンク色のドレスの彌玲が、良那の手を引いて近づいてきた。

「珠狼さま…」

彌玲は裾をつまんで深々と頭を下げる。

「どうぞ、大公としてこの国をお治めくださいませ」

「しかし…」

涙をきらりと滲ませて、彌玲は感謝を込めた目をした。

「我が子を、どうぞ陛下の後継者としてご薫陶《くんとう》ください」

再び深く頭を下げる。母親の手が離れた良那は、大好きなレイルの元へ駆けてきた。

さあ、と促されて、珠狼はようやく頷いた。

レイルがにっこりと指示する。

「珠狼さん、屈んでくださいね」

「…?」


そういえば、誰が冠を授けるのだろうと思っていたら、レイルは良那を片腕に抱いたまま、もう片方の手を空に掲げた。

花に魅せられる蝶のように、精霊が次々と現れ、薄紫や黄色、ピンク、緑をあしらった花冠ができる。

貴族たちからどよめきが聞こえ、階下の観衆も、目を凝らして見つめていた。

「珠狼さんは、仰々しいことはお好きではないでしょう?」

だから…と瑞々しい緑と花で編まれた冠を手に、レイルがそっと頭に載せる。

「きっと形には、こだわらないだろうと思って」

戴冠は形式だけでいい。この花のように、永遠でない冠が相応しいのだ。

珠狼は微笑んで見上げた。皆の心遣いが嬉しい。

そして、自分の気持ちを汲んでくれたレイルの花冠が何より嬉しかった。

「ありがとう…」

すっと立ち上がって正面に向き直り、手を挙げると群衆から大歓声が上がる。

「珠狼大公！」

「大公閣下」

わあっという声と共に、きっとこれも事前の打ち合わせがしてあったのだろう、貴族たちが一斉に花びらのシャワーを起こした。

バルコニーから、海風に乗って芳《かぐわ》しい香りを放つ最上級の紗薫産の薔薇が撒かれていく。花吹雪が舞い上がって、同時に海兵隊が祝砲を打った。

「…まいったな」

「ミョウさんに相談されてたんです。珠狼さんの戴冠式をちゃんとやりたいって」

全く、いつそんな打ち合わせをしていたのかもわからなかった。苦笑して匡たちを見ると、ミョウが自慢げだ。

音が掻き消されるほどの歓声の中で、両手を添えて叫ばれる。

「まいった、って言わせたかったんですよー」

「ミョウさんたら…」

笑うレイルの肩を取る。

「お前もだ…」

「珠狼さん」

「まんまと一杯食わされた」

文句を言いながら、笑みが零れてしまう。大臣もかなり嬉しそうだ。

「殿下、いえ、閣下…どうぞ、民にお言葉を…」

前に進むように促され、珠狼はレイルの肩を抱いたまま一緒に進んだ。

レイルは戸惑っている。

「え…」

「いいから…」

階段の一番端まで進んで、珠狼は自分に載せられた冠を取った。

レイルの銀色の髪に淡い花冠を載せる。レイルが水色の瞳をぱちくりと瞬かせた。

「…わ…」

珠狼はその隣で片手を挙げ、口を開いた。

「我が妃にして、弦月を守護する燭龍の子だ」

「しゅ、珠狼さん…っ」

どよめきが広がる。レイルも驚いた顔をしたが、珠狼は動じなかった。焔弓へ行った兄、斌崘はレイルの出自を知っている。知られている以上隠せば隠すほど、万一のときレイルの危険が増すだろう。むしろ、公言しておいたほうがいい。

「開闢の祖に倣い、私は精霊の子と婚姻する」

弦月は再び精霊と共存することを知らしめるのだ。レイルを片手で抱き寄せ、強い覇気をもって宣言すると、尊崇と感嘆の波が群衆に広がっていく。

珠狼はレイルの腕から良那を預かり、両手で高く掲げた。

「そして、良那が世継ぎの公子である」

世子を披露目された群衆はひときわ大きく歓声を上げ、びっくりした良那は泣き出したが、それも参列者にはチャーミングに映ったようだ。可愛いという声があちこちから聞こえ、レイルが引き取ると、良那はべそをかきながらも、ちゃんと市民に顔を向けた。

万歳と誰かが叫び、珠狼の名もレイルの名も、良那の名も叫ばれた。人々は花籠がカラになるまで花びらを撒き、楽の音に手を取って踊り、祝砲はいつまでも続く。

楽の音と歓声が青い空にこだまする。きらめく陽射しの中で、澄んだ翅をひらめかせた精霊たちが無数に姿を現した。

花と精霊の中で、レイルが微笑んでいる。珠狼はレイルにだけ聴こえるように顔を近づけた。

「許してくれるか？」

「珠狼さん…」

勝手にレイルの出自を話し、婚姻を宣言してしまった。だが、レイルは蕩けそうなほどの微笑みを向けてくれる。

「もちろんです」

その瞳に胸が高鳴る。こんなに幸福なことはない。

「…わ…」

「愛している」

甘く開く唇に、誓いの接吻を重ねた。大歓声の中で、レイルはひとりだけ大きな瞳を見開いて驚いている。

祝福に包まれて、新たな治世が始まりを告げた。

◇◇◇

そののち、弦月は十数年の歳月をかけて水晶鉱山への遷都を果たした。中興の祖と謳われた珠狼は良那の成人をもって譲位し、その後は年若い大公の後見に努めたという。

不思議なことに、大公・珠狼の活躍は史書に長い間登場する。領内を神出鬼没に現れる珠狼は、いくつもの伝説を残した。

共に国中を旅してまわったという記述には、大公妃レイルの名が刻まれている。

あとがき

お読みいただき、ありがとうございました。このお話は、既刊『双龍に月下の契り』と地続きになっています。『双龍〜』から五百年ほど遡った時代です。その後の弦月がどうなっているかは、同人版の続編2と8に登場しています）

絵歩《えぽ》先生のイラストで、同じ世界の話を出させていただけたことに、本当に感謝しております。お忙しい中、美しい絵を描いてくださった絵歩先生と、企画してくださった担当様、何よりも『続きを』と応援してくださった読者様に、心からお礼を申し上げます。

中味の話ですが、水晶鉱山は遷都ののち、弦月山と名を変えられて繁栄します。ミョウたちが構想した樹状建築は、二百年という歳月をかけて完成しました。

山の中に何人くらい住めるのかについてですが、一例を挙げると、富士山の底面積は約一二〇〇㎢。東京23区の総面積は約六二〇㎢なので、意外とたっぷり入りそうです(笑)。

レイルは、史書に『大公妃』と記載されたことから、後世の弦月では女性だと思われています。もちろんファンタジーなのですが、「実は史書とは違っていた」という部分に、歴史のロマンを感じるほうです。

ご感想をいただけましたら幸いです。

深月《みつき》　拝

この本を読んでの
ご意見・ご感想を
お寄せ下さい。

〒151-0051
東京都渋谷区千駄ヶ谷4-9-7
(株)幻冬舎コミックス　リンクス編集部
「深月《みつき》ハルカ先生」係／「絵歩《えぼ》先生」係

リンクス ロマンス

精霊使いと花の戴冠

2017年9月30日　第1刷発行

著者……………深月《みつき》ハルカ
発行人…………石原正康
発行元…………株式会社　幻冬舎コミックス
〒151-0051　東京都渋谷区千駄ヶ谷4-9-7
TEL 03-5411-6431（編集）
発売元…………株式会社　幻冬舎
〒151-0051　東京都渋谷区千駄ヶ谷4-9-7
TEL 03-5411-6222（営業）
振替00120-8-767643
印刷・製本所…株式会社　光邦
検印廃止

ISBN978-4-344-84077-5 C0293
Printed in Japan

幻冬舎コミックスホームページ　http://www.gentosha-comics.net